琼 瑶

作 品 大 全 集

雁儿在林梢

琼瑶

著

作家出版社

琼瑶，本名陈喆，作家、编剧、作词人、影视制作人。原籍湖南衡阳，1938年生于四川成都，1949年随父母由大陆赴台生活。16岁时以笔名心如发表小说《云影》，25岁时出版首部长篇小说《窗外》。多年来笔耕不辍，代表作包括《烟雨蒙蒙》《几度夕阳红》《彩云飞》《海鸥飞处》《心有千千结》《一帘幽梦》《在水一方》《我是一片云》《庭院深深》等。

多部作品先后改编成为电影及电视剧，琼瑶也因此步入影视产业。《六个梦》系列、《梅花三弄》系列、《还珠格格》系列等，影响至深，成为几代读者与观众共同的记忆。

琼瑶以流畅优美的文笔，编织了众多曲折动人的故事。其作品以对于梦的憧憬和爱的执着，与大众流行文化紧密结合，风靡半个多世纪，成为华文世界中极重要的文学经典。

我为爱而生，我为爱而写

文字里度过多少春夏秋冬

文字里留下多少青春浪漫

人世间虽然没有天长地久

故事里火花燃烧爱也依旧

覆辙

第一章

江淮倚着玻璃窗站着。

他已经不知道这样站了多久，眼光迷迷蒙蒙地停留在窗外的云天深处。云层是低沉而厚重的，冬季的天空总有那么一股萧瑟和苍茫的意味。或者，与冬季无关，与云层无关，萧瑟的是他的情绪？是的，自从早上到办公室，方明慧递给他那封简短的来信后，他整个情绪就乱了。他觉得自己像个正在冬眠的昆虫，忽然被一根尖锐的针刺醒，虽然惊觉而刺痛，却更深地想把自己蜷缩起来。

那封信，白色的信封，纯白镶金边的信纸，信纸的一角印着一个黑色的小天使。他从没看过如此别致而讲究的信笺。信上，却只有寥寥数字：

江淮：

　　我已抵台北，一月十日上午十一时来看你。

丹枫

一月十日上午十一时！今天就是一月十日！这封信是算好了在今晨寄到。他看看表，一个早上，这已经记不清是第几次看表。十点八分二十五秒！期待中的时间总是缓慢而沉滞。期待？自己真的在期待吗？不是想逃避吗？如果要逃避，还来得及。但，为什么要逃避呢？没有逃避她的理由。陶丹枫，这个听过一百次，一千次，一万次……却始终无缘一会的人！陶丹枫，他以为他一生也不会见到她，也不可能见到她，也从没有希望见到她，而她，却要不声不响地来了。既没有事先通知他，也没告诉他她的地址及其他一切。"我已抵台北"，就这么简单，什么时候抵台北的？英国与这里之间是一段漫长的旅程，即使喷射机已满天飞，这仍然是一段漫长的路！她来了！就她一个人吗？管她是一个人或不是一个人来的，她反正来了！他立即就要和她面对面了——陶丹枫，一个陌生的女孩。陌生？真的陌生吗？他瞪视着窗外的薄雾浓云，心脏就陡地沉入一个冰冷的、深暗的、黝黑的深海里去了。

他不知道自己在那个暗沉沉的深海里浮游了多久，蓦然间，敲门的声音打破了寂静，像轰雷似的把他震醒，他的心猛跳起来，浑身的肌肉都绷紧了，他听到自己的声音，沙哑而不稳定地响着：

"进来！"

门开了，他定睛看去，心情一宽，浑身的肌肉又都松弛了。门外没有陌生女人，没有陶丹枫，没有深海里的幽灵……而是笑容可掬、充满青春气息的方明慧。一个刚大学毕业，才聘用了半年多的女秘书。她捧着一大摞卷宗，口齿伶俐地报告着：

"编辑部把这个月出版的新书名单开出来了。美术部设计好了《捉月记》和《畸路》两本书的封面，请您过目。发行部说那本《山城日记》卖了两年才卖完，问还要不要再版？会计部已做好销售统计表，上个月的畅销书是那本《当含羞草不再含羞的时候》，一个月卖了四万本！广告部……"

听她一连串的报告，似乎还有几百件事没说完。而今天，他的脑子中没有书名，没有封面，没有出版计划！他捉不住她的音浪，盛不下她的报告。他做了一个阻止的手势，温和地说：

"好吧，把东西放在桌上，我慢慢来看！"

方明慧把卷宗送到桌上，对他深深地看了一眼，闪动着灵活的眼珠，又很负责任地叮嘱着说：

"每个部门都在催，说是十万火急哟！"

十万火急？人生怎么会有那么多十万火急的事呢？他不由自主地蹙紧了眉。方明慧识相地转过身子，往门口走去，到了门口，她忽然又回过头来，很快地说了几句：

"还有件最重要的事，那本《黑天使》的原稿您看完没有？作者今天打电话来催过了，如果不能用，她希望赶快退还给她。她说，别人是一个字一个字写出来的，希望您别丢到纸篓！"

《黑天使》！他脑中像有道电光闪过。《黑天使》！那部原稿寄到出版社来之后，他根本还没时间去翻阅。每个作者都以为自己的作品最重要，殊不知要看的原稿有成千累万！积压上半年还没动过的稿件太多了！但，《黑天使》，这名字怎么如此特别？如此熟悉？如此蓦然牵动了他的神经？他飞快地冲到桌边去，急促翻动着桌上的卷宗、原稿、设计图……焦灼地问：

"那部《黑天使》在什么地方？"

"您放在稿件柜里了。"方明慧说着，很快地找出了那份稿件，送到他的面前。

他跌坐在桌前的椅子里，迫不及待地把那摞稿纸拉到眼前。方明慧轻悄地走了出去，又轻悄地带上了房门，他浑然不觉，只是探索似的望着那稿笺。很普通的稿纸，每家文具店都买得着，稿件上有编辑部的评阅单，这是经过三位编辑分别看过后才送给他决定的稿子，那评阅单上密密麻麻地写着三位编辑的观感。他略过了这一页，望着标题下作者的名字——执戈者。

执戈者，一个男性的笔名，一个颇有战斗气息的名字，一个从没听过的名字。执戈者带着黑天使而来，使人联想到瘟疫、战争、死亡。他翻过了这一页，在扉页上，他读到了几句话：

　　　当晚风在窗棂上轻敲，

　　　当夜雾把大地笼罩，

　　　那男人忽然被寂寞惊醒，

黑天使在窗外对他微笑。

他凝视着这几句话，不知怎的，有股凉意冷飕飕地爬上了他的背脊。他怔了几秒钟，这笔迹多么熟悉！熟悉得让人害怕！很快地，他找出了早上收到的那封信，重新抽出了那白色镶金边的信笺，他下意识地核对着信笺上和稿纸上的笔迹：是了！这是同一个人的笔迹！同样的清秀、飘逸而潇洒的笔迹！同样是老早老早以前就见过的笔迹！甚至，是同样用黑墨水写的！现在的人都用圆珠笔，有几个人还用墨水？他呆住了，脑子里有一阵混乱，一阵模糊，一阵惶惑……然后，就有好长的一段时间，他觉得脑子里是一片空白和麻木。在他眼前，那白信笺上的小黑天使，一直像个活生生的小动物般，在那儿扭动跳跃着。

他根本没有注意到她是怎样进来的，他完全没有听到开门和走动的声音。只是，忽然间，他抬起头来，就发现她已经站在他的桌子前面了。他睁大了眼睛，瞪视着她，不信任似的望着面前这个亭亭玉立的人影，不用介绍，不用说任何一句话，他也知道她是谁——陶丹枫。或者，不是陶丹枫，而是执戈者。

她站在那儿，背脊挺直，肩膀和腰部的弧线美好而修长。她穿着件黑色的套头毛衣，黑色灯芯绒的长裤，手腕上搭着件黑色长斗篷。她的脖子瘦长而挺秀，支持着她那无比高贵的头颅。高贵，是的，他从没见过这种与生俱来的高贵。她有一头乌黑的浓发，蓬松地在头顶绾了个漂亮的发髻，使她那本来就瘦高的身材显得分外修长。她面颊白皙，鼻子挺直，双眉入鬓而目光灼灼。她那薄而小巧的嘴角，正带着个矜持而若有所思的微笑。她浑身上下除了脖上挂着一串很长的珍珠项链外，没有别的饰物。尽管如此，却仍然有份夺人的气魄，夺人的华丽，夺人的高贵……使这偌大的办公室都一下子就变得狭窄而伧俗了。

他抽了一口气，眨眨眼睛，再仔细看她。忽然，他觉得喉中干涩，干涩得说不出话来。那美好的面庞，那尖尖的下巴，那眉梢眼底的神韵……依稀仿佛，全是另一个女人的再版！只是，那个女人没这份高贵，没这份华丽，没这份矜持与冷漠。那个女人爱笑爱哭爱叫爱闹，那个女人热情如烈火，脆弱如薄冰。不不，这不是那个女人，这是陶丹枫，这是执戈者，这是——黑天使。

"你——"她忽然开了口，声音低柔而略带磁性，"就预备这样一直瞪着我，而不请我坐下来吗？"

他一愣，醒了。从这个迷离恍惚的梦中醒过来，他摇摇头，振作了一下，竭力想摆脱那从早就压在他肩头心上的重负。他再眨眨眼睛，再仔细看她，努力地想微笑——他自己都觉得，那微笑勉强而僵硬。

"你必须原谅我，因为你吓了我一跳。"他说，声音仍然干涩，而且，他很懊恼，觉得自己的措辞笨拙得像在背台词。

"为什么吓了你一跳？"她问，微微地挑着眉梢，深黝的眼睛像暗夜的天空，你不知道它有多深，你看不透它包容了多少东西。"我敲过门，大概你没有听见，你的秘书方小姐说你正在等我。"

他站起身来,正对着她,他们彼此又注视了好一会儿。终于,他有勇气来面对眼前的"真实"了。

"我不知道我是不是在等你,"他说,嘴边的微笑消失了,他仔细地打量她。"我本来在等丹枫,她从英国来,可是,忽然间,丹枫就变成了另一个人,一位作家,名叫执戈者。"

她的眼光飘向了桌面,在那摊开的稿件和信笺上睃巡了一会儿,再抬起睫毛来的时候,她眼底有着淡淡的、含蓄的、柔和的笑意。但是,那笑容里没有温暖,却带点儿酸涩,几乎是忧郁的。她发出了一声低低的轻叹:

"是这件事吓了你一跳?"

"可能是。"

她深沉地看他。

"你是个大出版家,是不是?许多作者都会把他们的作品寄来,是不是?这不应该是件奇怪的事呀。但是,显然的——"她的眼光黯淡了下去,"如果我不提醒你执戈者与陶丹枫之间的关系,你不会翻出这篇《黑天使》来看,它大概会一直尘封在你的壁橱里。有多少人把他们的希望就这样尘封在你这儿呢?"

他迎视着她。那眼光深邃而敏锐,那宽阔的上额带着股不容侵犯的傲岸,那小巧的唇角却有种易于受伤的敏感与纤柔,这纤柔又触动了他内心底层的伤痛。多么神奇的酷似!

"我很抱歉。"他出神地看着她,那眉梢,那眼角,那鼻梁,那下巴,那嘴唇……天哪!这是一个再版!他费力地约束自己的神志，"我不会把别人的希望轻易地抛置脑后，我的职员会一再提醒我……"

"我注意到了，"她很快地打断他，"你有个很好的女秘书，又漂亮，又机灵。"像是在答复她的评语，方明慧推门而入，手上拿着个托盘，里面有两杯热腾腾的茶。她笑脸迎人地望着江淮和陶丹枫，轻快而爽朗地笑着说：

"今天阿秀请假，我权充阿秀。"发现两个人都站在书桌前面，她怔了怔，微笑地望向江淮："您不请陶小姐到沙发那边坐吗？"

一句话提醒了江淮，真的，今天怎么如此失态？是的，自从早上接到丹枫的信后，他就没有"正常"过。太多的意外，太多的惊奇，太多的迷惑，太多的回忆……已经把他搅昏了。他惊觉地走到沙发旁边——在他这间私人办公室里，除了大书架、大书桌、大书柜之外，还有套皮质的沙发靠窗而放。他对陶丹枫说：

"这边坐吧！"

她走了过来，步履轻盈而文雅，那种高贵的气质，自然而然地流露在一举手、一投足之间。她坐了下来，把黑色的披风搭在沙发背上。方明慧放下了茶，对丹枫大方而亲切地笑笑，丹枫对她点头致谢，于是，那活泼的女孩转身退出了房间。丹枫四面打量，又一声轻叹：

"我发现，你有一个自己的王国。"

"每个人都有个自己的王国。"他不自禁地回答，"王国的大小，不在于生活的环境，而在于胸中的气度。"

她的眼睛闪过一抹奇异的光芒，紧紧地停驻在他脸上。这种专注的注视使他不安，他觉得她在透视他，甚至，她在审判他。这对眼睛是深沉难测而敏锐的。她多少岁了？他在心中盘算、回忆，二十二或二十三？她看起来比实际的年龄还要成熟。国外长大的孩子总比国内的早熟，何况，二十二三岁也是完全的大人了。

　　"你在想什么？"她问。

　　"想你的年龄，"他坦白地回答，沉浸在自己的回忆里，"如果我记得没有错，你今年是二十二岁半，到十月，你才满二十三岁。是的——"他咬咬牙，胸中掠过一阵隐痛。"那时候，每到十月，我们都给你准备生日礼物。你的生日是——"他的眼睛闪亮，"十月二十一日！"

　　她的眼睛也闪亮，但是，很快地，她把睫毛低垂下来，藏住了那对闪烁的眸子。半晌，她再扬起睫毛，那眼睛又变得深沉难测了。

　　"难得你没忘记！"她说，声调有一些轻颤，"我以为你早上收到信的时候，可能会说，陶丹枫是谁？"

　　"你——"他急切地接话，伪装已久的面具再也挂不住了，他瞪视着她，热烈地低喊，"丹枫，你怎么可能这样冷酷？这样沉静？这样道貌岸然？你怎么不通知我你的班机？你怎么不让我安排你的住处？你怎么不声不响地来了？你——居然还弄了个黑天使来捉弄我！丹枫，你这么神秘，这么奇怪，这么冷淡……你……你真的是我们那个亲爱的小妹妹吗？那个被'充军'到异国的小妹妹吗？那个我们每天谈着、念着的小妹妹吗？"

一股泪浪猛地往她眼眶里冲去，她的眼睛湿润了。那白皙的双颊上立即涌上了两片激动的红晕，她扭转了头望着窗外，手指下意识地在窗玻璃上划着，由于室内室外的气温相差很远，那窗玻璃上有一层雾气。她无心地在那雾气上写着字，嘴里模糊地低语：

"我并不神秘，我回来已经三个月了……"

"三个月！"他惊叫，激动惊奇而愤怒，"你回来三个月才通知我！你住在什么地方？"

"我租了一间带家具的小公寓，很雅致，也很舒服。"她仍然在窗玻璃上划着，"我每天在想，我该不该来看你，如果我来看你，我应该怎样称呼你？叫你——江淮？还是——姐夫？"

他手里正握着茶杯，她这声"姐夫"使他的手猛地一颤，水溢出了杯子，泼在他的身上，他震颤地放下了茶杯，杯子碰着桌面，发出清脆的响声。他挺了挺背脊，室内似乎有股冷风，正偷偷地吹袭着他。他从口袋里拿出烟盒，取了一支烟，打火机连打了三次，才把那支烟点着。吐了一口大大的烟雾，他看向她。她依然侧着头，依然在窗玻璃上划着，她没有回过头来，自顾自地，继续低语：

"我去姐姐的墓地上看过了，你把那坟墓修得很好。可是，墓碑上写的是'陶碧槐小姐之墓'，我知道，她始终没有幸运嫁给你。所以，我只能称呼你江淮，而不是姐夫。"她回过头来了，正视着他，她的眼珠清亮得像黑色的水晶球，折射着各种奇异而幽冷的光彩。"江淮，"她幽幽地说，"我很高兴见到了你。"

他审视了她几秒钟。

"唔。"他哼了一声，烟雾从他的鼻孔中冒出来，他不稳定地拿着那支烟，眼光望着那袅袅上升的烟雾。"丹枫，"他勉强地、苦恼地、艰涩地说着，"关于我和你姐姐，这之间有很多事，都是你完全不了解的！……"

"我知道，"她打断了他，"听说，姐姐很柔顺，她不会有对不起你的地方吧？"

他一震，有截烟灰落在桌面上，他紧盯着她。

"当然，"他正色说，"她从没有对不起我，她善良得伤害不了一只蚂蚁，怎会做对不起人的事！"

她的眉毛微向上扬，那对黑色的水晶球又在闪烁。

"好了，"她说，"我们先不要谈姐姐，人已经死了，过去的也已经过去了……"她望着他手上的烟："给我一支烟，行吗？"

"你也抽烟？"他惊奇地问，语气里有微微的抗拒。

"在伦敦，女孩子十四岁就抽烟。"她淡淡地回答，接过了他手里的烟，熟练地点燃。他凝视她，她吸了一口烟，抽烟的姿势优雅而高贵，那缕轻轻柔柔的烟雾烘托着她，环绕着她，把她衬托得如诗、如画、如幻、如梦……他又神思恍惚起来。

"姐姐抽烟吗？"她忽然问。

"是的。"他本能地回答。

"哦?"她惊奇地扬起了睫毛,"我以为——她绝不会抽烟。"

"为什么?"

"因为,很明显,你并不赞成女孩子抽烟,你不赞成的事,她就不会做。"

他怔了怔。

"你怎么知道我不赞成女孩子抽烟?"他问。

"你赞成吗?"她反问。

"不。"他坦白地说,"你的观察力很强,我不喜欢女孩子的手指上有香烟熏黄了的痕迹。"他下意识地去看她夹着香烟的手指,那手指纤柔白皙,并没有丝毫的烟渍。"你很小心,没有留下烟痕。"

"姐姐留下了吗?"她又问。

他蹙起眉头。于是,像是猛然醒悟到什么。她坐正身子,抬了抬那美好的下巴,提高了声音,清晰地说:

"对不起,说过了不再谈姐姐。我今天来,并不完全以陶碧槐的妹妹的身份来的,我在练习写作,可是……"她轻声一叹,"你显然还没看过我的作品!"

"我会看的!"他急促地说,"给我一点时间!"

"你有的是时间,我会在台湾住下去。"

他困惑地看她。

"我以为你学的是戏剧,我以为你正在伦敦表演舞台剧。"

"我表演过。"她说,"演过《捉鼠机》,也演过《万世巨星》,都是跑龙套的角色,是他们的活动布景。我厌倦了,所以，我回来想换一种生活方式。"

"你一个人回来的吗?"

"一个人!"

"为什么事先不通知我?"

"我独来独往惯了，"她望着烟蒂上的火光。"这些年来，即使是在伦敦，我也是一个人。我母亲……"她沉吟片刻，熄灭了烟蒂。"她和她的丈夫儿女，一直住在曼彻斯特。"她抬眼看他，忽然转变了话题。"我会不会太打扰你了，我知道你是个大忙人! 我想，如果我识相的话，应该告辞了。"她站起身来，去拿那件披风。

他飞快地拦在她前面。

"你敢走!"他激动地说。

"哦?"她仰头看他，眼里有着惊愕。

"如果你不跟我一起吃午饭，如果你不把你这些年来的生活告诉我，如果你不带我到你的住处去，如果你不让我多了解你一些……"他大声地、一连串地说着，"你休想让我放你走!"

她的睫毛向上扬着，她的眼珠亮晶晶地闪耀着光芒，一瞬也不瞬地盯着他，她的嘴角微向上弯，一个近乎凄楚的笑容浮上了她的脸庞，她闪动着眼睑，眼底逐渐流动着一层朦胧的雾气。她微张着嘴，半响，才吐出了声音:

"你实在不像个冷漠的伪君子，我一直在想，你是神仙还是魔鬼? 你何以会让我姐姐那样爱你? 现在，我有一点点明白了……"她眼底的雾气在加重。"江淮，"她清晰而幽柔地说，"你怎么允许她死去？"

他迅速地背转身子，不让她看到他的脸，他呼吸急促，肌肉僵硬，全身心都笼罩在一份突发的激情里。然后，他觉得有一只纤柔而温暖的手轻轻地握住了他。他不自主地浑身一震，这手是传电的吗？再然后，她的声音和煦如春风，在他耳边轻轻响起：

"听说，台湾的四川菜最好，请我去吃川菜，好吗？"

他回眼看她，她已经披上了那件黑丝绒的长斗篷，浑身都浴在一片黑里，可是，那白皙的脸庞上漾着红晕，那小小的嘴唇绽着轻红。他想起古人的词句，"唇不点而红，眉不画而翠"！再加上那盈盈眼波和那遍布在整个脸庞上的、近乎是圣洁的笑容。天哪！她多么像碧槐！她又多不像碧槐！她高雅得像一尊神祇，而那笑容却是属于天使的。天使！他心中惊愕，黑天使！黑天使代表的是什么？欢乐还是哀愁？善良还是罪恶？幸福还是不幸？摇摇头，他不愿再想这个问题。

伸出手去，他揽住了她的肩。

"我们走吧！"他说。

第二章

这家咖啡厅小小巧巧的，坐落在新开建的忠孝东路上。装饰得颇为干净雅致，白色的墙、原木的横梁、原木的灯架和古拙的木质桌椅，颇有希腊小岛的风味。江淮和丹枫坐在咖啡馆的一角，已经坐了很久很久了。隔着玻璃窗，可以看到窗外的街景，他们一起吃过午餐，又一起到了这儿。

街上已薄薄地蒙上了一层暮色，冬季的白昼总是特别短，今天的白昼似乎比平日更短。丹枫斜靠在那厚厚的椅垫中，眼光若有所思地望着窗外穿梭的街车，那些车子，有的已经亮了灯，灯光过处，总在她脸上投下一道光晕。她的手指拨弄着一个银色镶黑边的打火机，打火机敲在木质的桌面上，发出"笃笃笃"的响声，似乎在给她的叙述打着拍子。她静静地说着，说得那么平静，那么稳定，那么自然。却又在那平静与稳定的底层，带出某种难以解释的哀愁与淡淡的无奈。

"我常想，当初我或者该留在台湾，跟姐姐住在一起。但是，那是件做不到的事，无论如何，那年姐姐已经读大学，而我才十四岁。命运要让我那守寡的母亲，去爱上一个英国人，命运要让我们姐妹母女分离，什么话都没得说。我想，妈妈和姐姐分开也够痛苦。碧槐，她有她的固执和痴情，她总不能原谅妈妈去嫁给外国人。或者，她对爸爸的印象比我深，也或者，她还有中国那种保守的观念，女子从一而终。总之，在我的印象里，姐姐是个外柔内刚而古典的女孩。"她抬眼看他，轻问了一句，"她是吗？"

他喷出一口烟雾，沉思着，没有回答。她也没有等待他回答，又自顾自地说了下去：

"总之，我们到了英国，一切都比想象中艰苦，我的继父并不富有，他常常失业，我母亲在四年中给他添了三个儿女，实在是伟大。他们在短短的一两年间就变成了地道的英国家庭，我成了全家唯一的不协调者。天知道那时候我有多难过，弟、妹占去了母亲全部的精力，我像一只被放逐的、离群的孤雁。只有碧槐，她不断给我写信，安慰我，鼓励我，她成了我精神上的支柱。"

她停住了，喝了一口咖啡，抬起睫毛，静静地望着他，轻声说：

"我何必告诉你这些，你都知道的，是不是？"

他点点头，说：

"我知道，可是，我还是喜欢听你说。"

她沉吟了一下，取出一支烟，他帮她点燃了火。她轻轻地、优美地抽着烟，那轻柔的动作，使抽烟也变成了一项艺术。他深深地研究着她：那微带欧化的娴雅，那深邃的眼神，那细致的谈吐……不，她不像碧槐！他再定睛看她；那眼角的轻愁，那唇边的无奈，那眉端的微颦……不，她正是碧槐！

"不再跟你谈你所知道的事了。"她摇摇头，接着说，"然后，有一天开始，碧槐的来信里充满了你的名字，你的身高，你的年龄，你的体重，你有多少根头发，你有多少个细胞，你的幽默，你的才华，你的努力，你的奋斗，你的学问，你的漂亮，你的潇洒……你的一切的一切！你是人上之人，万神之神！"

她一口气地说着，那么流利，那么顺口，这一连串的句子却像串鞭炮般猝然响起，震痛了他每一根神经。他不由自主地向沙发深处靠进去，似乎想把自己藏起来。而那绞心的痛楚却不容许他逃避，他蹙紧了眉，闭上了眼睛。内心深处，有个小小的声音却在那儿辗转轻呼：碧槐！碧槐！碧槐！

"你知不知道，那时候你不是碧槐一个人的，你也是我的！"她坦率地说着。他睁开眼睛，立即接触到她那晶亮的眸子。"虽然我才十六岁，但脑子里已经塑满了你的影子，每晚，当我母亲和继父在晚祷的时候，我的祷词里只有你和姐姐！然后，我的生活更艰苦了，面临升学与就业的选择，又是姐姐和你来救我，你们给我寄学费来，不停地寄，我的学费多么昂贵！我到了伦敦，专攻戏剧，姐姐每封信都对我说，你的事业越来越成功了，这一点儿学费不算什么。不算什么？怎能不算什么？"她紧盯着他，"我告诉我自己，这些钱算我借的，我要还。我念得很苦，白天，猛攻我的学位，晚上，猛补我的中文，我从没有丢掉我的中文。"

他想着现在还摊在自己办公桌上的那本《黑天使》，想着那扉页上的题词，点了点头。

"不仅没有丢掉，"他说，"你一直在研究中国文学，是不是？"

"是的。我看《红楼梦》，看老舍，看徐志摩，看《水浒传》，也看《聊斋志异》，我看了很多书。"

他不语，赞赏地望着她。她拿着香烟的手很稳定，烟雾往上升，眼底也有些轻烟轻雾。

"之后，忽然间，姐姐的信变少了，越来越少了。不但变少了，而且变短了，但是，她仍然寄钱来，每个月都寄。她拼命要我用功，世上怎会有如此好的姐姐？然后，一下子，姐姐不再写信来了，我只是按月收到支票，我想，碧槐快结婚了，她一定忙着布置新居，一定忙着帮我那未来的姐夫去扩充他的事业，她没有那么充裕的时间给她的妹妹写信……何况，那时，我也在忙，忙于毕业考，忙于排演，忙于交男朋友，忙于跳舞，忙于在嬉皮店里流荡……"她熄灭了烟蒂，用手支住额，眼底的雾气在加重。"直到我通过了毕业考，我发电报给你和姐姐，才收到你的回信……"她抬起眼睛，望着他，脸色在一瞬间变得无比地严肃和庄重。"你告诉我，姐姐已经死了半年了。我至今保留着你那封信，那封信写得太美太好太凄凉。"

他注视着她那盈盈欲语的眸子，注视着她那轻轻嚅动的嘴唇，注视着她那眉端的轻愁……他猛然坐正身子，熄了烟，粗声说："别谈那封信，别谈你姐姐，谈谈你。为什么后来你不给我消息了？"

"谈谈我？"她挑挑眉梢，又拨弄着那个打火机，"我的事没有什么值得深谈的。这许多年来，从我十四岁到二十一岁，我的生命，不论在精神上还是物质上都依赖着姐姐而存在，虽然我们之间隔了一大段山和海。然后，我知道碧槐死了，我生命的支柱倒下去了。我也知道，是该我独立的时候了。这一年半以来，我就在努力学习'独立'。"

"说详细一点。"他命令地说。

"详细也是那么简单。"她难得微微一笑，笑容里也带着轻愁，"我在表演，演舞台剧，跑龙套。我赚钱，拼命地赚钱，工作得很苦很苦，赚钱的目的只有一个，回台湾，看看我姐姐的墓地，看看我那个从未谋面的姐夫！"她眼光如水："不，我不该叫你姐夫，只能叫你江淮。江淮——"她声音低沉如梦："你这个傻瓜，你为什么不在她死以前娶她？那么，我在台湾，多少还找得到一个亲人！"

他微微震动，在她那默默含愁的眼光下惊悸了。他的声音不自觉地带着沙哑："我记得我在信里对你说过，她是死于……"

"心脏病！"她轻声接话，"老天在很多不幸中还安排了一件好事，没有让她多受痛苦。"

他面部肌肉僵硬，低下头去，望着手里的咖啡杯，咖啡已经冰冷。褐色的液体躺在白瓷的杯子中，没有丝毫的热气。

他忽然想起碧槐最后的脸孔，白得就像这白瓷一样，冰得也像这白瓷一样，他打了个寒噤。

"真糟！"她叹口气，"我们谈话的内容总离不开死亡。"她歉然地看他，眉尖轻蹙，不胜同情。"我知道这话题让你并不好受，对我也是。"她掉头望向窗子，手指又下意识地在玻璃窗上划起来了。"再谈我吧，很简单的几句话，我回来了，故意不想让你知道，因为姐姐去世已经两年，我想你大概也已找到了你的幸福……"她顿住了，回眼看他，忽然问，"你找到了没有？"

他看着她，心里有些明白，她在明知故问。

"曾经沧海难为水，除却巫山不是云！"他低低地念，低得只有自己听得到。

"我不懂你在嘀咕些什么。"她说，"可是，我来了已经三个月了，打听了很多关于你的事，这两年，你的事业发展得很快，成了出版界的巨子。很多知名作家都被你网罗了，你有个独立的办公大楼，有家印刷厂，有自己的发行网，有座漂亮的公寓，有台雪佛兰……唯独，没有一个妻子！那么，"她的声音又轻柔如梦了，"你依然没有对姐姐忘情，是吗？"

他咬咬牙，没说话。抬起眼睛，他扫了她一眼，三个月，她来了三个月！打听了很多事情。一种朦胧的不安向他笼罩过来，凉意又爬上了他的背脊。但是，她沉坐在那儿，沉静、娴雅、高贵、细致而温柔。他看不出她有什么特别的地方。

"假如你已经结婚了，我就不会再来打扰你平静的生活。"

她继续说，"我租了一间公寓，开始写点东西，然后，我觉得，我应该来看你了……所以，我今天到了你的办公室。"她啜了一口咖啡，微微露出两排整齐细小的白牙齿，像两排珍珠："这就是有关我的一切。既不神秘，也不奇怪。江淮，你会对我的出现烦恼吗？"

他正眼看她。"是的。"他坦白地说。

"为什么？"

"你唤回了很多往事，撕开了一个已愈合的伤口，使我这两年来的努力一下子化为虚无。"他凝视她，摇了摇头，"有没有人告诉过你，你长得非常像碧槐？"

她点点头。

"我知道，碧槐常寄照片给我，母亲说，我越大越像碧槐，本来嘛，我们是一个模子里印出来的！"

他再度打量她那宽宽的额，那眼睛，那嘴唇，他从齿缝里吸了口气，似乎什么地方在发痛。她的眼光又调向了窗子："天都黑了，"她说，"不知不觉，就出来了一整天，我该回去了。"

"我请你吃晚饭！"他很快地说。

"我似乎一直在吃，"她笑笑，那笑容生动而温存，"中午，你请我吃了川菜，然后，到这儿来你又请我吃了蛋糕，喝了咖啡。不，我不预备再和你一起吃晚饭，谈了这么多，我什么都吃不下，我要回家了。"

"回家？"他微微一怔。

"我说错了。"她立即接话，"家的意义不应该单纯指一个睡觉的地方。这些年来，我都没有家，我是一只流浪的孤雁。现在，我要回到那暂时的栖息之处去。你知道一支英文歌吗？歌名叫《雁儿在林梢》？"

"《燕儿在林梢》？"

"不是燕子的燕，是鸿雁的雁。"

"嗯，我不知道。"

"你知道吗？鸿雁是一种候鸟，它的体形很大，通常它只能栖息在水边的草地上或沼泽之中。可是，有只孤雁却停在林梢，那是站不住的，只能短暂地栖息一下，那是无法筑巢的。"她若有所思地住了口。

"哦？"他询问地看着她。

"那歌词里有这样几句，"她侧着头想了想，很清晰、很生动地念，"雁儿在林梢，眼前白云飘，衔云衔不住，筑巢筑不了。雁儿雁儿不想飞，白云深处多寂寥！"她停住了，脸上那若有所思的神色更重了，她没看他，眼光穿过窗玻璃，停在一个不知名的地方。

"这不像一支英文歌，"他感动地说，"倒像一首古诗。"

"我用了些时间来翻译它！"她的眼光收回来了，用手托着下巴，支着颌，注视了他一会儿。然后，深吸了口气，她振作了一下，坐直身子，把桌上的打火机和香烟盒都扔进了皮包，她故作洒脱地笑了笑。"好了，雁儿要去找她今晚的树枝了！"

他忽然伸出手去，一阵激动控制了他，他无法自抑地握住了她那只正在收拾东西的手，他握紧了她。

“那么，你请我吃晚饭吧！”他说。

她温存地凝视他：“你的意思是，你要到我那临时的雁巢里去看看？”

他默然不语。

“来吧！”她说，站起身来。

晚风拂面而来，天气是阴沉欲雨的，夜风里有潮湿的雨意，凉凉地扑在他们额际和颈项里。他为她披上了那件黑斗篷，她身材修长，婷婷然，袅袅然，飘飘然。他说：“你不像一只孤雁。”

“是吗？”

“你像一只天堂鸟。”他顿了顿，“你知道什么是天堂鸟吗？”

“你告诉我吧！”

“天堂鸟是一种稀世奇珍，它有漂亮的、翠蓝色的羽毛，有发光的、像伞和火焰一样的尾巴，它还有颗骄傲的小脑袋和皇冠一样闪烁的头冠。它生长在人迹罕至的地方，是可遇不可求的。”

她扫了他一眼。

“谢谢你的赞美，”她说，“姐姐呢？她像什么？也是一只天堂鸟吗？”

“她吗？”他沉思着，不知如何回答。街边上，他那辆雪佛兰正停在那儿。他打开了车门，“上车吧！”他潦草地结束了正谈到一半的话题。

几分钟以后，他已经置身在她那小小的“雁巢”里了。走进去，他就觉得神清气爽，这小屋简单而大方，只有一房一厅、一个小厨房和一间浴室。米色的地毯，橘色的沙发和窗帘，显然都是房东原来的东西。只是，在原有的木架上陈设了许多精巧别致的摆饰。例如一个丹麦瓷的芭蕾舞女，一对铜雕，一些笨拙有趣的土偶。以及一窝大大小小的泥制斑鸠。她说："我有很多可爱的小玩意儿，可惜无法带回来。反正，走到哪儿都是暂时的，也就不做长久打算了。"她指指沙发，"你坐一下，我去换件舒服一点的衣服。"

她走进了卧室，他站在小屋里，四面打量，有酒柜，有冰箱，有张小书桌……这是那种专门租给观光客小住的公寓，说穿了，也就是带厨房的旅馆。他走到书桌前面，本能地翻了翻桌上的稿笺，有张写了一半的稿纸，压在一本厚厚的中文字典底下，他抽出来，职业化地去看上面的字迹，于是，他看到一首很有古意的小诗：

> 春风吹梦到林梢，
> 鹊也筑巢，
> 莺也心焦，
> 忙忙碌碌且嘈嘈，风正飘飘，
> 雨正潇潇。
>
> 今朝心绪太无聊，
> 怨了红桃，
> 又怨芭蕉，
> 怨来怨去怨春宵，

风又飘飘，雨又潇潇！

他念着上面的句子，一时间，觉得情思恍惚。中国的文字就这么神奇，几个字就可以勾发出人藏在内心深处的东西。他握着这张纸，默默发呆，怔怔冥想，陷进了一种近乎催眠似的状况里。直到身后有个轻柔的声音，打破了室内的寂静：

"前几天在读蒋捷的《一剪梅》，忍不住要抄袭一下。我不懂诗词，不懂平仄，不懂音韵，我只是觉得写着好玩。你是行家，不许笑我！"

他回过头去，蓦然觉得眼前一亮。她已经从头到脚换了装束，头上的发髻解开了，披了一肩如水般光亮的长发，带着自然的鬓曲。她身上穿了件白色的软缎长袍，直曳到地，拦腰系了根白色的绸带子，袖子宽宽大大的，半露着雪白的胳膊。她站在那儿，白衣飘飘，如云，如絮，如湖畔昂首站立的白天鹅，如凌波仙子，飘然下凡，浑身竟纤尘不染！他呆了，他是真的呆了，瞪视着她，像着魔般一动也不动。

"怎么了？"她问，微笑着，黑眼珠是浸在水晶杯里的黑葡萄，"有什么事不对吗？"

"哦！"他回过神来，不自禁地吐出一口长气，"你又吓了我一跳！"

"你怎么这样容易被吓着？"

"你从全黑，变成全白，从欧化的黑天使变成纯中式的风又飘飘，雨又潇潇！好像童话故事里的仙女变化多端，而每个变化都让人目眩神驰！"

她对他微微摇头，走到酒柜边，取出两个水晶玻璃的酒杯，拿了一瓶白兰地走到沙发前面。她一面开瓶，一面说："怪不得姐姐说你会说话，今天一整天，我说得多，你说得少，我以为你是沉默寡言的，谁知，你一开口就会讨人好！"她凝视他，"有几个女人，像姐姐一样为你发狂过？"

他震动了一下，摇了摇头。

"没有？"她扬了扬睫毛，在杯子里倒了些酒，忽然停住手说，"我忘了问你，是不是喝酒？要喝什么酒？还是要喝咖啡？"

"都不必，给我一杯茶就好了。"

"茶——"她拉长了声音，笑了。放下酒杯酒瓶，转身要往厨房走。"好，我去烧开水，我想，我的'中国化'还不够彻底，不过，我可以慢慢学习。"

他很快地拉住了她。

"不要麻烦了！"他急急地说，"我偶尔也喝杯酒，而且，并不反对喝酒。"

"真的吗？"她有点迟疑。

"真的。"他肯定地说，"再说，今天也应该喝酒，中国人有个习惯，碰到喜庆的日子，就该喝酒庆祝。"

"外国也一样。"她说，坐了下来，注满了他的杯子，"不过，今天是什么节日呢？"

"见到你，就是最好的节日。"他一本正经地说，用杯子碰了碰她的杯子，柔声地、清晰地、感动地、诚挚地再加了句，"欢迎你归来，丹枫！"

她眼里迅速地蒙上了一层泪影，把酒杯送到唇边，她浅浅地啜了一口，身子软软地靠进了沙发深处，那白袍子的袖管滑了下去，她的胳膊白嫩而纤柔。她半垂着睫毛，半掩着那对清亮的眸子。一层淡淡的红晕染上了她的面颊，她的嘴唇翕动着，像两瓣初绽开的花瓣，声音里带着克制不住的激动："我三个月前就该去见你！我居然浪费了三个月的时间！我真不能原谅自己！"她把酒杯放在裙褶中，双腿蜷缩在沙发上，头往后仰，靠在沙发背上面，那黑色的长发铺在那儿，像一层黑色的丝绒。她的睫毛完全盖下来了，接着，那睫毛就被水雾湿透，再接着，有两颗大大的泪珠，就从那密密的睫毛中滚落了下来，沿着面颊，不受阻碍地一直滑落下去。她轻声地、叹息地、软软地说了句："我不想再飞了，我好累好累，姐夫，请你照顾我！"

他猝然惊跳，心脏紧紧地收缩起来，他怔怔地凝视她，在这一刹那间，就心为之摧，神为之夺了。

第
三
章

　　下了课，江浩抱着他那厚厚的一大摞英国文学走出校门，向自己租的"宿舍"走去。这座学校坐落在淡水的市郊，依山面海，环境清幽，倒是一个极好的念书的所在。可惜距离台北太远，学校的宿舍又有限，所以，很多学生都在淡水镇上赁屋而居，也有许多房东，把房子分隔成一间间小鸽笼租给学生们，成为另一种"学生宿舍"。

　　江浩也有这样一间"宿舍"，只是，他这间属于高级住宅区，房租比较贵，在市镇的外缘，是一排红砖房中的一间。当初，这排红砖房兴建是想当旅馆用的，盖了一半，屋主没钱再盖下去，淡水毕竟也不能算是游乐区，于是，这些房子也就只有租给学生们了。江浩住的那间，可以远眺海港的渔火，也可以近观高尔夫球场的青翠。可是，像所有二十来岁的大男孩子住的房间一样，他这屋里永远杂乱、拥挤、肮脏……到处散落着书籍和唱片，每次自己进门，都常有无处落脚的困难。他对这种困难完全安之若素，他认为，只要活得自由舒适，脏乱一点儿也无关紧要——他称这间小屋为"蜗居"。

这天下午，他抱着书本往"蜗居"走去。刚开学不久，春天的阳光带着暖洋洋的醉意，温温软软地包围着他。空气里有松香和泥土的气息，从那忠烈祠吹过来的风里，带着他熟悉的烟火味，正像那庙宇的钟声，总给他那年轻的、爱动的、热烈的胸怀里，带来一抹宁静与安详。

这个下午，他很知足。

这个下午，他很快乐。

这个下午，他认为阳光与和风都是他的朋友，无缘无故地，他就想笑，想唱歌，想吹口哨，想——找个小妞泡泡。

忽然间，他看到一只纯白的小北京狗，脖子上挂着一串铃铛，丁零零地响着，滚雪球似的滚到他脚边来了。他站住了，好奇地看着这小东西，记起最近一些日子来，常看到这只小狗。邻居说，这是新搬来的一家人养的。他蹲下身子去捉那小狗，那小东西居然丝毫都不畏生，它抬起它那对乌溜溜的眼珠，淘气地、友善地而又灵活地对他转动着。他笑了起来，弯腰把它抱进怀里，嘴里不自禁地叽里咕噜地对它说着话："嗨，小家伙，你从什么地方来的？你的鼻子怎么塌塌的？是不是迷了路？哈？！"他忽然笑起来，因为那小东西开始伸出舌头去舔他的脸，"别这样，别舔我，我怕痒，哈哈，求饶，求饶！哈哈，我不跟你玩舔人……"

"喂喂！雪球！你在哪儿？"

猛地，树林里传出一串银铃似的，清脆的呼唤声。那小狗立即竖起耳朵，喉中呜呜乱鸣，四只脚又蹦又踹，要往地下溜去。江浩还来不及把它放到地上，蓦然间，从树林里直蹿出一个女孩子，还没等江浩看清楚，那女孩像风般对他卷过来，劈手就夺过他手中的小狗。接着，一阵连珠炮似的抢白，就对着他"炸"开了："你为什么要抱走我的雪球？它是有主人的，你不知道吗？你抱它去干什么？想偷了去卖，对不对？我以前那只煤球就被人偷走了，八成就是你偷的！还是大学生呢，根本不学好，专偷人的东西……"

　　"喂喂，"他被骂得莫名其妙，怒火就直往脑子里冲，他大声打断了她，"你怎么这样不讲理？谁偷了你的狗？我不过看它好玩，抱起来玩玩而已！谁认得你的煤球、炭球、笨球、混球？"

　　那女孩站住了，睁大眼睛对他望着，脸上有股不谙世故的天真。"我只有煤球、雪球，没有养过笨球、混球。"她一本正经地说，"也没有炭球。"

　　看她说得认真，他的怒气飞走了，想笑。到这时候，他才定睛来打量眼前这个女孩：短短的头发，额前有一排刘海，把眉毛都遮住了，刘海下，是一对滚圆的眼睛，乌黑的眼珠又圆又大，倒有些像那只"雪球"。红扑扑的面颊，红艳艳的嘴唇，小巧而微挺的鼻梁……好漂亮的一张脸，好年轻的一张脸！他再看她的打扮，一件宽腰身的、鲜红的套头毛衣，翻着兔毛领子，一条牛仔裤卷起了裤管，一直卷到膝盖以上，脚上是一双红色的长筒马靴。脖子上和胸前，挂着一大堆小饰物，有辣椒、鸡心、钥匙，还有一把刀片！好时髦！好帅！好野！好漂亮！他——深吸了口气，就不知不觉地微笑了起来。

"你叫什么名字？"他单刀直入地问。

她扬起下巴，挺神气地转开了头。"不告诉你！"她说，抱着她的雪球，往树林里面走去。

他斜靠在一株松树上，望着她的背影微笑不语。今天的阳光太好，今天的白云太好，今天的风太好，今天的树林太好，这么美好的下午，碰碰钉子也不算什么。他注视着那红色的背影，她已经快隐进松林里去了。

忽然，她站住了，回过头来，看着他。她唇边有个很调皮的、很妩媚的、很动人的笑容。

"我姓林。"她轻声地说。

"哦？"他有份意外的惊喜，仓促中，想赶快抓一句话来说，免得她溜了，就很快地接了句，"树林的林吗？"

她顿时笑了，笑得好开心，好明朗，好坦率，她折回到他身边来，笑嘻嘻地问："除了树林的林以外，还有什么姓也发林字的音？"

"当然有啦，"他强辩地说，"例如临安的临，丘陵的陵，麒麟的麟，甘霖的霖……"

"有人姓麒麟的麟吗？"她的眼睛睁得好大好大，里面盛满了惊奇和天真，她这种单纯的、信以为真的态度使他汗颜了，他笑了起来："你别听我鬼扯！你叫林什么？"

"哦，你在鬼扯！"她说，"我不告诉你！"她跺了一下脚，这一跺，她手里的雪球就溜溜地滑了下去，落在地上。立刻，那小东西撒开腿，就飞快地在林中奔窜起来，它追松果，追树叶，追小麻雀，追得不亦乐乎。她大急，要去追雪球，他阻止了她。

"你让它去！它不会跑丢的！"

"你怎么知道？"她问。

"狗都会认主人。"

"那它刚刚怎么跑到你怀里去了？"

"因为……"他为之语塞，就笑着说，"它认了我当主人哩！"

"你——"她瞪圆了眼睛，鼓着腮帮子，接着，就熬不住"噗"的一声笑了。"你很会胡说八道，"她说，"你叫什么名字？"

"不告诉你。"他学她的语气说。

她又抬抬下巴。

"稀奇巴啦，猴子搬家！"她低低地叽咕着，转过头去找她的雪球。那小东西那么肥，那么胖，小脚爪又那么短，只跑了一圈就已经喘吁吁的了。它折回到主人的身边，趴伏在她脚边的草地上，吐长了舌头直喘气。她怜惜地蹲下身去，毫不在意地席地一坐，用手揉着雪球那毛茸茸的脑袋，嘴里继续叽里咕噜着："雪球，雪球你去哪儿？你去咬那个小坏蛋！"

江浩情不自禁，就在她身边也坐了下来，弓着膝，望着她那红扑扑的双颊，那水汪汪的眼睛，那年轻而稚气未除的面庞，觉得心中竟没来由地一动。他从地上取了一段枯枝，在泥上写下"江浩"两个字，抬眼看她。她冲着他嫣然一笑，接过那枯枝，她在江浩两个字的旁边，写下了"林晓霜"三个字。

他们彼此对视了一会儿，笑意充盈在两个人的眼睛里。然后，他低低地吹了一声口哨。

"林晓霜，你的名字很美。"

她噘了噘嘴。"你的意思是说，人很丑！"

"哈！"他笑了，"你们女孩子都是一个样子，专门小心眼，在鸡蛋里挑骨头，我以前有个女朋友也是这样！"

她的眼珠灵活地转了转。"你以前的女朋友？她现在到哪儿去哩？"

"谁知道？"他耸耸肩，"大家一起玩玩，又没认真过，跳跳舞，看看电影，如此而已。现在吗？八成是别人的女朋友了。"

她唇边的笑容消失了，脸上有种又好奇、又同情、又怜惜的表情。

"你失恋啦？"她率直地问。

"失恋？"他一怔，接着，就大笑了起来，"笑话！我失恋？你少胡扯了！我江浩会失恋？你也不去打听打听！我是不追女孩子，如果我追的话，什么样的女孩都追得到！我失恋？我根本恋都不恋，怎么失恋？"

她斜睨了他一眼，嘴唇嘟得更高了。俯下头去，她抱起小狗，用手摸着小狗的头，嘴里喃喃地念叨着："雪球咱们走，不听这个家伙乱吹牛！"

他望着她那副孩子气的脸庞，听着她嘴里的叽里咕噜，觉得有趣极了。他伸手抓住了她的衣服。"别走，你住在什么地方？"

"树林那边，什么兰蕙新村。"

"才搬来的吗？"

她点点头。

"你多少岁？"

"十九。"

"骗人！"他笑着说，"你发育未全，顶多只有十六岁！"

"胡说！"她一唿地从地上直跳起来，用手把腰间的衣服握紧，显出身材的轮廓，脸孔通红，她旋转着身子，姿势美妙至极。她说："你看，我早就成熟了。我十九岁，不骗你！"

他紧盯着她。

"那么，你已经高中毕业了？"

"毕业？"她摇摇头，"去年就该毕业了，如果我不被开除的话。"

"开除？"他吓了一跳，"为什么会被开除？"

她撇撇嘴，一副满不在乎的样子。

"我的英文当掉了，数学也当掉了。然后，人家写给我的情书又给修女抓到了。"

"修女？"他皱起眉头。

"我读的是教会学校，那些老尼姑！她就希望把我们每个人都变成小尼姑！她们自己嫁不出去，就希望所有的女孩子都嫁不出去！她们心理变态！"她恨恨地说，一抬头，她接触

到他惊讶而困惑的眼光，立刻，她垂了下眼睑，有种淡淡的
不安和微微受伤的表情浮上了她的嘴角。她又抱起地上的小
狗开始叽里咕噜了："雪球咱们走吧！人家看不起咱们啦！"
她转过身要走，"我走了，我口干了！"

他再度抓住了她。

"我有个提议，"他说，"到我的'蜗居'去坐坐，好不
好？我那儿有茶有可乐，有苹果西打。"

"'蜗居'是什么东西？"她问，"是莴苣吗？一种食物
吗？一种笋吗？"

他大笑："不不，蜗居的意思是蜗牛的家。"

她惊奇地看他，她的眼睛又大又亮，黑白分明。

"你家有很多蜗牛？不不不！对不起，我不去。本小姐天
不怕，地不怕，只怕肉虫子！什么蜗牛、蚂蚁、毛毛虫，我
想起来就背脊发麻。"

"别混扯！"他又笑又气，"你在装糊涂，蜗居是形容我
家很小很破很旧，像个蜗牛壳一样，保证里面没有蜗牛。"

"一定有！"她坚定地说。

"你怎么知道一定有？"

"你叫它'蜗居'，你就是蜗牛！"

他一怔，望着她笑。"好呀，你骂我是蜗牛！"

他把两只手伸在头上装成蜗牛的触角，一扭一扭地往她
冲去，嘴里嚷着："蜗牛来了！蜗牛来了！"

她拔腿就跑，笑着喊："别闹别闹！你哪儿像只蜗牛，你
简直是只犀牛！"

他呆了呆，大笑起来。她也大笑起来，额前的短发迎风飘扬，露出了两道浓黑的眉毛。她手里的小雪球，被她这样一跑一跳一笑，也弄得兴奋无比，竖着耳朵，不住地"汪汪"大叫。友谊，在年轻人之间是非常容易建立的，只一会儿，他们两个已经熟得像是多年知交。

没多久以后，她就坐在他那凌乱不堪的"蜗居"里听唱片了。他有套很好的音响设备，虽然不是四声道，但也有两个喇叭，很好的立体效果，很好的机器和唱盘，还可以放卡式录音带。她脱掉了靴子，光着脚丫，坐在地板上，在那一大堆书籍、唱片套、靠垫、砖头、木板（他曾用砖头和木板搭成书架，后来垮了，他也懒得去修理，于是，木板、书籍和砖头就都混在一块儿）以及东一盒西一盒的录音带中间。这小屋里有书桌，有床，有椅子，但是，书桌上没有空隙，椅子上堆满衣服，床上棉被未整，倒还不如在这地板上来得舒服。她倚着墙坐着，丝毫没有被这小屋的凌乱吓到，反而很羡慕地"哇"了一声，说："哗！你真自由！这小屋棒透了！你父母不干涉你吗？他们许你过这种生活，他们一定是圣人！"

"他们不是圣人，"他笑着说，在桌子底下拖出一箱可乐，开了一瓶递给她，"他们住在台南，根本管不着我！你呢？和父母住在兰蕙新村？"

"和我奶奶，我爸妈都死了。"她拿起一张唱片，把唱机拖到身边，把唱片放上去。"哈！"她开心地大叫，"这音乐棒透了！"

那是一支"迪斯科"，节拍又快又野，立即，满屋子都被音乐的声音喧嚣地充满了。她跳起来，光着脚丫，随着音乐舞动，熟练地大跳着"哈索"。他惊喜交集地望着她，她一定生来就有舞蹈细胞，她浑身都充满了韵律，充满了活力，充满了火焰，她像一支燃烧着的、舞动的火炬。

"来！"她拍了一下手，"我们来跳舞！"

他一脚踢开了脚边的瓶瓶罐罐和书本靠垫，就和她对舞起来。她美妙地扭动、旋转、踢腿、碰膝……他不由自主地模仿她，很快地，他们已经配合得很好。她对他鼓励而赞赏地笑着，舞蹈使他们的呼吸加快，使室内充满了热浪，使她的双颊绯红，而双目闪亮。

小雪球是兴奋极了。当江浩和林晓霜在双双对舞的时候，它就忙忙碌碌地在两人的脚底奔窜，不住地把唱片套衔到屋角去撕碎，又把录音带的盒子像啃骨头般咬成碎片，再把书本的封面扯得满天飞舞，最后，它发现有个靠垫破了个洞，露出一截鹅毛，它把鹅毛扯出来，那些鹅毛轻飘飘地飘了满房间，它立即把这些会动的鹅毛当成了假想敌人，对它又吼又叫又扑又咬又追又捉起来。一时间，屋子里又是音乐声，又是舞蹈声，又是狗叫声，又是追逐声，闹得不亦乐乎。

林晓霜自己舞着，又看着小雪球奔跑追逐，她边舞边笑，双颊明艳如火，笑得喘不过气来。

"太好了！江浩，你这个蜗居是个天堂！好久以来，我都没有这么开心过了！江浩，你是个天才！是个伟人！是个艺术家！"

他开始轻飘飘起来，这一生，从没有被女孩子如此直截了当地赞美过，虽然这些赞美听起来有些空泛，但是，仍然满足了他那份男性的虚荣。

"为什么我是艺术家？"他问，挑着眉毛。

"你懂得安排生活。"她舞近他，用双手搭在他的腰上，面对着他的面，眼睛对着他的眼睛。"懂得生活是最高的艺术，我认得许多大学生，他们只是书呆子！"她忽然停止了跳舞，呆望着他。她那对燃烧着的，明亮的大眼睛一瞬也不瞬地瞪着他。他被她看呆了，看傻了，接着，脸就红了。

"你在看什么？"他粗声问。

"看你呀！"她简单地回答，长睫毛连闪都不闪。

"看我什么？"

"看你——"她拉长了声音，叹了口气，坦白地、认真地、诚恳地说，"你长得很漂亮！"

他被她弄得面红耳赤了，弄得扭捏不安了，弄得手足失措了。

"你是个大胆的女孩子！"他说。

"我不是大胆，我只是坦白！"她说，笑了，"难道你喜欢那种故作高贵状的女孩吗？还是故作娇羞状的？我讨厌虚伪！我说我想说的话！做我想做的事！过我想过的生活！这有什么不对呢？你长得漂亮，就是漂亮！你的眉毛很浓，眼睛很亮，你还有张会说话的嘴巴！"

"你才有张会说话的嘴巴！"他说，头晕晕的，轻飘飘的，他觉得自己比那满屋子飞的鹅毛还轻，像个氢气球般快飞向了屋顶，"你才漂亮！你的眼睛像星星，你的嘴唇像花瓣，你的头发像缎子……"

"哎哟！"她大叫，笑得抬不起头来，"你别让我肉麻好不好？不骗你，我浑身的鸡皮疙瘩都给你撩起来了！算了！别说话，咱们跳舞吧！"

他们又跳舞，又笑，又叫，又闹……忽然间，电话铃响了起来，她自顾自地舞着。

江浩满屋子找着，找不到电话机在什么地方。林晓霜又跟他闹着，他走到哪儿，她就舞到哪儿，她舞得满头乱发蓬松，眼光清波欲流。面对这样一张年轻的、娇艳的、充满活力与生气的面孔，他真的心神俱醉了。好不容易，他在床上的棉被堆里找到了电话机，拿起听筒，对面就传来江淮忍耐的、低沉的、亲切的声音："老四，你在搞什么鬼？这么久才接电话？"

"噢，大哥！"他兴奋地喊，"对不起，我正在跳舞……什么？你听不见吗？要我进城跟你一起吃晚饭？等一等……"

他看向晓霜，她停止跳舞，笑吟吟地望着他，她的眼睛是暗夜里的星光，她的脸红得像酒，嘴唇像浸在酒里的樱桃。

"大哥，"他抱歉地说，"我今晚有事，我无法到台北！我……我……我要准备英国文学史！"

"老四，"江淮清清楚楚地说，"你还是老毛病，一撒谎就犯口吃！"

小雪球不知怎的发现了江浩手里的电线，扑过来，它又把电线当成了假想敌人，开始又抓又咬又叫。江浩手忙脚乱地从雪球嘴里抢电线，晓霜在一边笑弯了腰。江浩一面推开小雪球，一面嚷着："大哥，你知道就好……滚开！小雪球！噢……大哥，我不是跟你说话……小雪球，混蛋！噢……大哥，我没骂你呀！我是在和一只小狗说话……哦，我很好，没生病，没发烧，绝不骗你……要命！雪球……"

晓霜笑得滚倒在床上去了。

"老四，"江淮忍耐地说，"你到底在做什么？你在开舞会吗？你喝了酒，是不是？"

"没有，大哥，我一滴酒都没沾，也没开舞会……雪球！你这个混账东西，怎么咬起我的鼻子来了！晓霜，你还不管它，你故意让它跟我闹……哎哟！要命……"

"老四，"江淮叹了口气，"你生活得怎么样？你开心吗？听你的声音虽然很失常，但是你好像很兴奋……"

"我开心，开心极了！从来没有这么开心过！"江浩慌忙说，"好了，大哥！我再打给你，要不然，我的鼻子不保！"

挂断了电话，他望着晓霜。

"你这个坏蛋！"他大叫，"你叫雪球来咬我鼻子，我跟你算账！"

她跳起身，笑着躲往了屋角。

"噢，大哥，没有，大哥，不是，大哥……"她学着他的声音，"你有个好哥哥啊！"

"是的，"他沉静了一下，脸色郑重了。"我有个最好的哥哥！他帮我交学费，照顾全家的生活，给我买唱机，让我生活得像个王子！"

她叹了口气。"这种幸福，不是每个人都能有的！"

他看看她。"你没有兄弟姐妹？"

"没有。"

"你会喜欢我大哥！"他热烈地说，"他比我大十岁，是世界上最好的哥哥！等将来，我介绍你认识他，你一定会喜欢他！他又有学问，又有深度，又有思想，又能干，又热情！"

"哼！"她耸耸肩，"真有这种人，可以送进博物馆做人类标本！"

"你——"他掀起眉毛，"可不许拿我哥当笑话……"

她俯身抱起小雪球，把面颊偎在那小狗毛茸茸的背脊上，嘴里又开始叽里咕噜："雪球咱们走啦，这个蜗牛生气啦！"

他笑了。一下子拦在她面前。

"不许走！"他笑着说，"我不肯去台北和大哥吃饭，就为了和你在一起！你得和我一起吃晚饭！我请你去吃蚵仔煎！"

"如果我不肯呢？"她扬着睫毛问。

"你肯吗？"他问。

她看了他几秒钟。

"我肯。"她坦白地说。

第四章

　　黄昏的时候起了风，到晚上就萧萧瑟瑟地飘起雨来了。雨由小而大，风由缓而急。没多久，窗玻璃就被敲得叮叮咚咚地乱响，无数细碎的雨珠，从玻璃上滑落下去。街车不住在窗外飞驰，也不停地在窗上投下了光影，那些光影照耀在雨珠上，把雨珠染成了一串串彩色的水晶球。

　　江淮坐在他那空旷的公寓里，坐在窗前那张大沙发里，他身边有盏浅蓝色的落地台灯，灯光幽柔地笼罩着他。他的膝上，摊着那册《黑天使》的原稿，他起码从头到尾看了三次，但，这里面的文字仍然感动他。他手里握着一杯早已冷透了的茶，眼光虚渺地投射在窗上的雨珠上面。室内好安静，静得让人心慌，静得让人窒息。他低头看着膝上的稿笺，触目所及，又是那首小诗：

　　　　当晚风在窗棂上轻敲，

当夜雾把大地笼罩，

那男人忽然被寂寞惊醒，

黑天使在窗外对他微笑。

　　这，好像是他的写照！他从没想过自己的许多黄昏，许多黑夜，就这样度过去了。黑天使，他曾以为她这篇小说中会用"黑天使"来代表复仇、瘟疫或战争。谁知内容大谬不然，"黑天使"象征的是一种无可奈何的命运。这篇小说是大胆的，是很欧洲化的，很传奇又很不写实的。故事背景是在英国的一个小渔村，男主角是个神父。情节很简单，却很令人战栗。神父是村民的偶像，他慈祥、年轻、勇敢、负责、仁善、漂亮、深刻……集一切优点于一身。但是，他是个人而不是神，他照样有人的欲望，人的感情，人的弱点，他挣扎在人与神的两种境界里。村里有个酒吧，是罪恶的渊薮，渔民在这儿酗酒、嫖妓、赌钱，这儿有个待救的灵魂——一个黑女人。故事围绕着黑女人和神父打转，神父要救黑女人，像堂·吉诃德崇拜那贵族的女奴。最后，黑女人被他感动，她改邪归正了，但是，在一个晚上，神父却做了人所做的事情。更不幸的是，黑女人怀了孕，他那么愤怒于他自己，也迁怒于黑女人，于是，黑女人悄然地投了海，没有人知道她死亡的原因。神父在许多不眠不休的夜里悟出了一个真理，他只是个"人"而不是"神"，他离开了渔村，若干年后，他在另一个城市中定居下来，成了一个成功的商人，他娶了妻子，过着"人"的生活，但是，他的妻子给他生下了一个天使一般的婴儿——那孩子竟是全黑的!

江淮并不喜欢这个故事,它太传奇,太外国味,又有太多的宗教思想和种族观念。这不像个中国人写的故事。可是,丹枫是在英国长大的,你无法要求她写一个纯中国化的故事!使他震撼的是她那洗练而锋利的文笔,她刻画人性深刻入骨。她写寂寞,写欲望,写人类的本能,写男女之间的微妙……老天,她实在是个天才!

窗外的雨加大了,他倾听着那雨声,看着那雨珠的闪烁,他坐不住了。把文稿放在桌上,他站起身来,背负着双手,在室内兜着圈子,兜了一圈,又兜一圈……终于,他站在小几前面,瞪视着桌上的电话机。

沉吟了几秒钟,他拿起听筒开始拨号——一个他最近已经背得滚瓜烂熟的号码。

对方的铃响了,他倾听着,一响,两响,三响,四响,五响……没有人接电话,没有人在家!他固执地不肯挂断,固执地听着那单调的铃声,终于,他长叹了一声,把听筒放回了原处。他就这样瞪着那电话机站着,不知道自己想做什么,不知道自己要做什么,也不知道自己能做什么。

半晌,他振作了一下,看看手表,晚上八点十分。或者,可以开车去一趟淡水,去看看江浩。这孩子近来神神秘秘又疯疯癫癫,别交了坏朋友,别走上了岔路。想到这儿,他就想起江浩那张神采飞扬的面孔,和他那充满活力的声音:“大哥,你绝不相信世界上会有林晓霜那样的女孩子,她在半分钟可以想出一百种花样来玩!”

根据经验，这种女孩是可爱的，但是，也是危险的！他再度拿起了听筒，拨了江浩的号码。

　　丁零——丁零——丁零——铃声响着，不停地响着，却没有人来接电话。也不在家？这样的雨夜，他却不在家？想必，那个有一百种花样的女孩一定伴着他。雨和夜限制不了青春。他放下电话，望着窗外。顿时间，有种萧索的寂寞感就对他彻头彻尾地包围了过来。他走到落地长窗前面，用额头抵着玻璃，望着街道上那穿梭不停的车辆：车如流水马如龙！为什么他却守着窗子，听那风又飘飘，雨又潇潇？

　　"叮咚！"

　　门铃蓦然响了起来，他一惊，精神一振。今晚，不论来访的是谁，都是寂寞的解救者。他冲到门边，很快地打开了房门。

　　门外，陶丹枫正含笑而立。

　　她穿了一身紫罗兰色的衣裳，长到膝下的上装和同色的长裤，她的长发用紫色的发带松松地系着。外面披了件纯白色的大衣。她的发际、肩头、眉梢上、鼻端上、睫毛上……都沾着细小的雨珠，她亭亭玉立，风度高华。她手里抱着一个超级市场的纸口袋，里面盛满了面包、果酱、牛油之类的食品，她笑着说："我还没有吃晚饭，不知道你欢不欢迎我到这儿来弄东西吃？我本来要回公寓去做三明治，但是，我对一个人吃饭实在是厌倦极了。"

　　他让开身子，突来的惊喜使他的脸发光。

　　"欢不欢迎？"他喘口气说，"我简直是求之不得！"

她走了进来，把食物袋放在桌上，把大衣丢在沙发上，她的眼光温柔地在他脸上停了片刻，又对整个的房间很快地扫了一眼。

"噢，"她说，"你像个清教徒！过着遗世独立的生活，难道你这人不会寂寞，不会孤独的吗？难道你想学圣人清心而寡欲？"

他陡地想起《黑天使》中的神父。不自禁地，他就打了个冷战。他望着她微笑地说："我打过电话给你，起码打了一百次，你从早上就不在家，你失踪了好几天了。你相当忙哦？"

"忙碌是治疗忧郁的最好药剂。"她说，径自到厨房里去取来了刀叉盘子，和开罐器，"我带了一瓶红葡萄酒来，愿不愿意陪我喝一点？"

他抓住了她的手腕。

"你忧郁吗？"他望进她的眼睛深处去，"为什么？告诉我！"

她站住了，静静地回视他。

"忧郁不一定要有原因，是不是？忧郁像窗子缝里的微风，很容易钻进来，进来了就不容易钻出去。"

"你该把你的窗子关紧一点。"他说。

她摇摇头。

"我干脆跑到窗子外面去，满身的风比那一丝丝的冷风还好受一点。"她抿住嘴角，淡淡地笑了。"不要用这种眼光看我，我很好，很正常。任何人都会有忧郁，忧郁和快乐一样，是人类很平凡的情绪。"

"你这一整天跑到什么地方去了？"

"唔！"她耸耸肩，轻哼了一声，"我去郊外，去海边，去大里。你知道大里吗？那儿是个渔港，我去看那些渔民，他们坐在小屋门口补渔网，那些老渔夫手上脸上的皱纹，和渔网上的绳子一样多。"

他惊奇地凝视她。

"你似乎对渔村很感兴趣！"他想起《黑天使》。

她蹙了蹙眉，眼底有股沉思的神色。然后，她抬起眼睛，扫向沙发前的咖啡桌，她看到了那本《黑天使》。

"你终于看完了我的小说！"

"早就看完了，"他说，"我今天是看第三次！"

"显然，你不喜欢它！"她紧紧地盯着他。

"为什么？"

"因为，我已经不喜欢它了。"她轻轻地挣脱他，走到咖啡桌前，把那本原稿推开，在桌上放下盘子和面包，又倒了两杯酒。她一面布置"餐桌"，一面简单地说："第一，它不中不西。第二，它像传奇又不是传奇。第三，它似小说又不是小说。第四，它没有说服力。第五，它跟现实生活脱节得太太太——太遥远。"她一连说了四个"太"字，来强调它的缺点。"你不用为这篇东西伤脑筋，我还不至于笨得要出版它！"

"你不要太敏感，好不好？"他走到沙发边来，急促地说，"事实上，你这篇东西写得很好，它吸引人看下去，解剖了人性，也提出了问题……"

她对他慢慢摇头，在她唇边，那个温存的笑容始终浮在那儿。她的声音清晰、稳定而恳切。

"不要因为我是陶碧槐的妹妹而对我另眼相待，不要让你的出版社被人情稿堆满。最主要的，不要去培植一个不成熟的作家！"

他看着她，深深地看着她，定定地看着她，紧紧地看着她。一时间，他竟无言以答。她洒脱地把长发甩向脑后，笑着说："我知道你已经吃过晚餐……"

"你怎么知道？"他打断了她。

"难道你还没吃饭？"她愕然地问，"你知道现在几点了？"

"我下班的时候曾经打电话给你，想请你出去吃饭，"他说，"你家里没人接电话。就像你说的，我对于一个人吃饭实在厌倦极了！我回到家里来，看稿子、听雨声、打电话……我忘了吃饭这回事！"

她斜睨了他一会儿。

"看样子，实在该有个人照顾你的生活。"她说，"为什么你还不结婚？如果我记得不错，你已经三十岁了。"

"或者。"他继续盯着她，"我在等待。"

"等待什么？"她的睫毛轻扬，那黑眼珠在眼睑下忽隐忽现。

"等待——"他的声音低沉如耳语，"碧槐复活！"

她迅速地转过了身子往厨房里走去。一面，用故作轻快的声音清脆悦耳地说："让我看看你冰箱里还有什么可吃的，我在国外吃惯了吐司火腿三明治，你一定无法拿这些东西当晚餐，或者我可以给你做个蛋炒饭……"

他拦住了她。

"你别多事吧！"他说，"我们随便吃一点，如果真吃不饱，还可以去吃宵夜！"

"也好！"她简单地说，坐到沙发上，开始吃面包，一面吃，一面笑，"说实话，我并不喜欢下厨房！"

他坐在她对面，饮着红酒，吃着面包。忽然间，春天就这样来了。忽然间，寂寞已从窗隙隐去。忽然间，屋里就暖意融融了。忽然间，窗外的风又飘飘，雨又潇潇，就变得风也美妙，雨也美妙了。

她吃得很少，大部分时间只是饮着酒，带着微笑看他。她眼底有许多令人费解的言语。他吃得也很少，因为他一直在研究她眼底那些言语，那比一本最深奥的原稿还难以看懂。不知怎的，她浑身上下总是带着种奇异的、难解的深沉。

"我今天在大里看到渔船归航。"她说，用双手捧着酒杯。她那白皙的手指被红酒衬托着，透过灯光，成为一种美丽的粉红色。"我看到渔网里的那些鱼，它们还是活的，在网里又蹦又跳。"她深思地看着酒杯："江淮，你曾经去研究过一条活鱼吗？"

"没有。"

"你知不知道，鱼是一种非常美丽而奇妙的动物？"她抬起头来，睁大了眼睛，眼中的神色生动而兴奋，"它们有漂亮的鱼鳞，每个鱼鳞都像一块宝石，映着阳光，会发出五颜六色的光芒。它们的形状形形色色，在水中游动的时候，姿势美妙得像个最好的舞蹈家。"

他被她眼中的神色所感动："你一直在海边研究那些舞蹈家吗？"

"我看到它们在网里挣扎。"她眼光黯淡，声音悲戚，"我站在海边的岩石上，望着大海，那海洋又大又广，无边无岸。我站在那儿想，这么大的海洋，一条小小的鱼在里面真是微小得不能再微小。这么大的海洋，一条小小的鱼可以游到多远多广的地方去，为什么它们偏偏要游进渔人的网里去呢？"

"你未免太悲天悯人了，丹枫。"他说，"你不必去为一条鱼而伤感的，否则，你就太不快乐了。"

"我不是为鱼而伤感，"她直视着他，"鱼会钻进网里去，因为有渔夫布网。人呢？"

"人？"他一怔，"什么意思？"

"人也会钻进网里去。"她低语，"而且，这网还很可能是自己织的。"

"你是说——"他沉吟着，"人类很容易作茧自缚。"

她看了他一眼，站起身来，她把盘子送到厨房里去。才走了两步路，她忽然站住了。在一个书架上，她发现了一个镜框，她走了过去，把手里的盘子顺手放在旁边的架子上，她伸手拿起了那个镜框，镜框里，是一个年轻人的照片，那年轻人漂亮英挺，神采飞扬，笑容满面，似乎全天下的喜悦都汇集在他的眉梢眼底。

"这是我的弟弟。"江淮走了过来说，"我是家里的老大，下面有两个妹妹，这是老四，他叫江浩。我妹妹都已经嫁了，嫁到美国去了。现在只剩下这个弟弟在读大学。"他伸出手去，把那镜框上的灰尘细心地拭干净，他献宝似的把照片给她看，"我弟弟蛮漂亮的，是不是？"

她看看照片，再看看他。

"没有哥哥漂亮。"她说。

"别这么说，你会使我脸红。"他放好镜框，对那年轻人凝眸片刻。"他小时候体弱多病，全家最宠他，他八岁那年，大病一场，差点死掉，从此，我们就把他当宝贝。现在，他大了，长得又高又壮又结实，会闹会笑会交女朋友……呵，如果你见到了他，你一定会喜欢他，他不像我这么死板，他会说笑话，爱音乐，爱跳舞，爱文学，爱艺术……"

她奇异地望着他："你们兄弟感情很好啊？"

"非常好。"他点点头，"非常非常好。我宠他，就像碧槐当初宠你。"

她惊悸了一下，浑身不由自主地掠过了一阵战栗，他没有忽略她这下战栗，伸出手去，他握住她的手，他发现她的手冷得像冰块，他吃了一惊，问："你怎么了？"

"碧槐喜欢你的弟弟吗？"她问。

"她从没见过他。老四一直在台南，去年考上大学，才搬到北部来。"

"你的父母家人都在台南？他们都没见过碧槐吗？"

"是的，我以为你早知道了。"

"碧槐和你相恋五年之久，居然没有见过你的家人？"她困惑地望着他，"难道你没有把她带到台南过？你父母也没有到台北来看过她？"

他微微一怔，顿时间，他有些心神不宁。

"你不了解我们那时有多忙……"他勉强地、解释地、艰难地说，"我刚弄了个最小型的出版社，自己骑着脚踏车发书，骑得两腿的淋巴腺都肿起来。你姐姐，她……她……她……她是个圣女，白天要上课，晚上要兼差，半夜还帮我校对……我们太忙、太苦，忙得没有时间谈婚姻，苦得没有力量谈婚姻，等我刚刚小有所成，可以来面对我们的问题的时候，她已经死了。"他咬紧牙关，靠在架子上，他的手指下意识地握紧了她，深陷进她的肌肉里去。"丹枫，别责备我，你有许多事都不知道！"

"我为什么要责备你呢？"她仰着脸问，"你待我姐姐那么好！为了她，你忍受寂寞，直到如今。唉！"她深深叹息，眼底被一片恻然的柔情填满了。"我注意到，你家里连她一张照片都没有，你不忍面对她吗？你怕回忆她吗？你——"她怜惜地看进他眼睛深处去。"你不必那么自苦，你一直在伪装自己，你对姐姐的感情像深不可测的湖水，水越深，反而越平静。江淮！"她热烈地低喊，"你瞒不过我，你爱我姐姐，爱得发疯，爱得发狂，爱得无法忘怀，甚至无法重拾你的幸福！哦，碧槐泉下有知，应该死而无憾了！"

"丹枫！"他哑声喊，被她这一篇话击倒了。热浪迅速地往他眼眶里冲去，他胸中像打翻了一盆烧熔的铁浆，烫得他每一个细胞都痛楚起来。"丹枫，"他喃喃地叫，"别把我说得太好，不要用小说的头脑来……"

"不。"她打断他，"碧槐写过几百封信向我谈你，我了解你，正像了解我自己。江淮，你知道我为什么失踪？你知道我为什么每天到四处去流浪？你知道我为什么跑到大里去看渔民？你知道我为什么到海边去数岩石？因为——我怕你！"

"丹枫！"他喊，脸发白了。

"自从那天我去出版社见了你以后，我就开始怕你！"她垂下眼睑，双颊因激动而发红，她的声音又快又急，又坦率，又无奈，又真挚，又苦恼，"我和自己作战，我满山遍野、荒郊野外地跑，因为我好怕好怕见你！江淮，我不是那种畏首畏尾的人，我应该有勇气面对真实。但是，我今天看到了那些在网里挣扎的鱼……"

她抬起眼睛来，恻然地、无助地、凄苦地看着他。"我觉得我就是那样的一条鱼，有广阔的海洋给我游，我却投到一张网里去。江淮，你就是那张网！"她张开了手臂，"网住我吧！我投降了！"

他迅速地把她拥进了怀里，把她的头紧压在自己的肩上，他的嘴唇贴着她的耳朵，他激动地低喊着："我不是网，丹枫！我会是一个海湾，一个任你游泳的海湾！"

"不，你是一张网，"她固执地说着，"因为你并不爱我！你爱的是姐姐，你等待碧槐复活，我——只是复活的碧槐，不是丹枫！我是一个替代品！你知道这种感情是建筑在沙上的吗？你知道这对我就是一个网吗？"

"哦，丹枫，你这样说太不公平，我说等待碧槐复活那句话，并不是这个意思……"

"嘘！别说！"她用手指按在他唇上，她的眼睛里燃烧着火焰，充满了光华，她的脸孔绽放着光彩，带着种夺人心魂的美丽与高贵。"你很难自圆其说，还是少说为妙，江淮，你放心，我不会和我死去的姐姐吃醋，如果这是一张网，也是我自愿投进来的！"她闭上了眼睛，睫毛在轻颤，嘴唇也在轻颤。"吻我！"她坦率地、热烈地、命令地低语。

他再也顾不得其他，俯下头去，他立即紧紧地、深深地、忘我地捉住了她的唇。似乎把自己生命里所有的热情，都一下子倾倒在这一吻里了。

第五章

在台北近郊，那墓园静悄悄地躺在山谷之中。

天气依然寒冷，厚而重的云层在天空堆积着，细雨细小得像灰尘，白茫茫地飘浮在空气里。风一吹，那些细若灰尘的雨雾就忽而荡漾开来，忽而又成团地涌聚。小径边的树枝上，湿漉漉地挂着雨雾，那细雨甚至无法凝聚成滴，只能把枝丫浸得湿湿的。树叶与树叶之间，山与山之间，岩石与岩石之间，雨雾联结成一片，像一张灰色的大网。

丹枫慢慢地，孤独地走了进来，依然披着她的黑斗篷，穿着一身黑衣；头发上，也用一块黑色的绸丝巾把长发包着。没有雨衣，也没拿伞，她缓缓地踩过那被落叶堆积着的小径，那些落叶厚而松软，潮湿而积着雨水，踩上去，每一步都发出簌簌的响声。

她穿过了小径，熟悉地，径直地走进山里，来到了那个山坳中的墓园。墓地上碑石林立，每块墓碑都被雨打湿了，四周静悄悄的，没有丝毫声响。这不是扫墓的季节，死亡之后的人物很容易被人所遗忘。这儿没有车声人声，没有灯光烛光，只有属于死亡的寂静和寥落。

她走向了一个半圆形的坟墓，墓碑上，没有照片，没有悼文，没有任何虚词的赞扬，只简单地写着：

陶碧槐小姐之墓

生于一九四九年

死于一九七四年

享年二十五岁

享年二十五岁！二十五岁！多么年轻，正是花一样的年华，正是春花盛放的时期，怎会如此悄然而逝？怎会这么早就悄然凋零？她轻叹一声，解开斗篷前襟的扣子，她怀里抱着一束名贵的紫罗兰。俯下身去，她把墓前一个小瓶里的残枝取了出来，抛在一边，把紫罗兰插进瓶里。忽然，她对那残枝凝视了几秒钟，她记得，上次她曾带来了一束勿忘我，但是，现在那堆残枝却是一束枯萎的蒲公英。

怎会是一束蒲公英？她拾起了地上的残枝，默默地审视着。残枝里没有名片，没有祷词，只是一束蒲公英！那黄色的花瓣还没有完全枯萎，花心里都盛着雨珠。看样子，这束花送来并不很久，是谁？除了她，还有谁在关怀这早凋的生命？

"陶小姐，你又来哩！"

一个声音惊动了她，抬起头来，她看到那看守墓园的老赵，正佝偻着背脊，蹒跚地，颤颤地走过来。那满是皱纹的脸上堆满了殷勤的微笑。在这样寒冷的雨雾中，伴着无数冰冷的墓碑和幽灵过日子，他也该高兴看到一两个活生生的扫墓者吧！

　　"老赵，你好！"她温和地招呼着，从皮包里取出两百块钱，塞进了老人棉袄的衣袋里，"风湿痛好些没有？找医生看过吗？"

　　"托您的福，陶小姐，好多啦！"老赵忙不迭地对她鞠躬道谢，一面把那插着紫罗兰的瓶子抱起来，去注满了水，再抱回来放下。笑着说，"我一直遵照您的吩咐，把这儿打扫得干干净净的！"

　　"谢谢你，老赵。"她望着手里的蒲公英，沉思着，"前几天有位先生来过，是不是？"她问。

　　"是呀！"老赵热心地说，"他献了花，站了好一会儿才走，那天也在下雨，他淋得头发都湿了。"

　　"他是什么样子？"

　　"什么样子？"老赵怔住了，他用手搔搔头，努力搜寻着记忆，"我只记得他很高，年纪不大。"

　　"他以前来过吗？在我来以前？"

　　"是的，他来过！每次总是站一会儿就走了。总是带一束蒲公英来。他一定很穷……"

　　"为什么？"

　　"蒲公英是很便宜的花呀！路边都可以采一大把！山脚下

就长了一大片，说不定他就是从山脚下采来的！"

她不语，站在那儿默默沉思。雨丝洒在她那丝巾上，丝巾已经湿透了，好半晌，她抬起头来，忽然发现老赵还站在旁边，她挥挥手说："你去屋里吧，别淋了雨受凉，我站站就走了。"

"好的，小姐。"老赵顺从地说，那寒风显然已使他不胜其苦，他转过身子，又佝偻地，颠踬地，向他那栋聊遮风雨的小屋走去。丹枫望着他的背影，心里朦胧地想着，这孤独的老人，总有一天也要和这些墓中人为伍，那时，谁来吊他？谁来祭他？由此，她又联想起，所有的生命都一样，有生就必有死，从出世的第一天，就注定要面临死亡的一天！那么，有一天，她也会死，那时，谁又来祭她？她望着那墓碑累累，听着那风声飒飒，看着那雨雾苍茫，不禁想起《红楼梦》中的句子：

> 柳丝榆荚自芳菲，不管桃飘与李飞；
> 桃李明年能再发，明年闺中知有谁？
> ……
> 试看春残花渐落，便是红颜老死时；
> 一朝春尽红颜老，花落人亡两不知！

她想着，一时间，不禁感慨万千。浴着寒风冷雨，她竟不知身之所在。好半天，她才回过神来，低头一看，她发现自己不知不觉地，把那一束蒲公英的残瓣，扯下来洒了一地。

墓碑上、台阶上、栏杆上……都点点纷纷地缀着黄色的花瓣，她又想起《红楼梦》里的句子：

天尽头，何处有香丘？

未若锦囊收艳骨，一抔净土掩风流。

质本洁来还洁去，强于污淖陷渠沟……

她觉得心中隐隐作痛，某种难言的凄苦把她捉住了。她忍不住用双手握紧了墓前的石碑，闭上眼睛，无声地低语："碧槐，碧槐，请你助我！"

睁开眼睛，墓也无语，碑也无言。四周仍然那样静静悄悄，风雨仍然那样萧萧瑟瑟。她长叹一声，把手里的残梗抛向了一边，对那墓碑长长久久地注视着。心里朦朦胧胧地思索着那束蒲公英。是谁送过花来？是谁也为碧槐凭吊？除了他，还有谁？但是，他为什么独自一个人来？如果他要来，大可以约了她一起来啊！那么，他不敢约她了。为什么？是内疚吗？是惭愧吗？是怕和她一起面对碧槐的阴灵吗？碧槐，碧槐，你死而有灵，该指点你那迷失的妹妹啊！墓地有风有雨，却无回音。她再黯然轻叹，终于，转过身子，她慢腾腾地消失在雨雾里了。

一小时以后，她已经坐在一家咖啡店里，啜着那浓浓的、热热的咖啡了。她斜靠在那高背的皮沙发椅中，沉思地望着桌上的一个小花瓶，瓶里插着枝含苞欲吐的玫瑰。她望望玫瑰，又看看手表，不安地期待着。她神情落寞而若有所思。半晌，有个少妇匆匆忙忙地走进了咖啡馆，四面张望找寻，终于向她笔直地走了过来。她抬起头，喜悦地笑了。"对不起，亚萍姐，又把你找出来了。"她说，"坐吧，你要不要吃一点点心？蛋挞吧？"

"不行！"那少妇坐了下来，脱掉外面的呢大衣，里面是件红色紧身衫和黑呢裙子。她身段丰满。"我正在节食，你别破坏我。我只要一杯黑咖啡。你知道，像我这个年龄，最怕发胖。"

"你和姐姐同年！"她感慨地说，"如果姐姐活着，不知道她是不是也怕发胖？"

亚萍注视了她一眼，拿小匙搅着咖啡，温柔地说："丹枫，你还没有从碧槐死亡的阴影里解脱出来吗？过去的都已经过去了，你不要再悲哀了，好不好？我知道你们姐妹感情要好。但是，人死了就死了，活着的总要好好地活下去！丹枫，你说吧，你又想起什么事要问我了？我不能多坐，我家老公马上要下班，两个孩子交给用人也不放心……"

"我不会耽误你很多时间，亚萍姐。"丹枫急急地说，"我只想再问一件事！"

"我所知道的已经全告诉你了，丹枫。"亚萍喝了一口咖啡，微蹙着眉梢说，"自从毕业以后，碧槐和我们这些同学都没有什么来往，那时大家都忙着办出国，同学间的联系也少，何况，她念到大三就休学了……"

"什么？"丹枫蓦地一惊，"她没有念到毕业？"

"我没告诉过你吗？"亚萍惊愕地说。

"不，你没说过。"她望着瓶子里的玫瑰花，"她为什么休学？"

"我不知道，真的不知道。"亚萍用手托着腮，有点儿烦恼，"丹枫，早知你会这样认死扣，这样打破砂锅问到底，你在英国写信给我的时候，我就该不理你。"

"你会理我，高姐姐，"丹枫柔声地说，"你是碧槐的好朋友，我从小叫你高姐姐，你不会不理我！"

"小鬼！"亚萍笑骂了一声，"我拿你真是没办法。我和你姐姐最要好的时候，你还没出国，你出国之后，你那个姐姐就变啦！"

"变成怎样啦？"

"变得不爱理人了，变得和同学都疏远了。丹枫，我说过，你要知道她的事，只有去问她的男朋友！她爱那个 T 大的真爱疯了，成天和他在一起。她和同学都有距离，那时，赵牧原追她追得要命……"

"赵牧原？"她喃喃地念。

"体育系那个大个子，碧槐给他取外号，叫他'金刚'。他现在也结婚了，我前不久还遇到他，你猜怎么，他那个太太又瘦又小，才齐他的肩膀。"

"赵牧原——"丹枫咬着嘴唇，"他住在什么地方？你有没有他的地址？"

"丹枫！"亚萍阻止地叫，"你不能把我们每个同学都翻出来哦！赵牧原已经结了婚，人家生活得快快乐乐的，你难道还要让那个新婚的太太知道她丈夫以前为别的女人发疯过？丹枫，你不要走火入魔，好吧？总之，我跟你打包票，赵牧原跟你姐姐的死毫无关系！"

"好吧，"丹枫忍耐地说，"你再说下去！"

"说什么？"亚萍惊觉地问，看看手表，"我该走了，还要给老公做晚餐。一个女人结了婚，什么自由都没有了！"

"高姐姐！"丹枫柔声叫，双目含泪，眉端漾满了轻愁薄怨，声音里充塞着悲哀和伤怀，"你在逃避我！你想躲开我！你不是以前那个热情的高姐姐了。"

她语气里的悲哀和伤感把亚萍给抓住了，她凝视着丹枫，在她那轻愁薄怨下软化了，丹枫勾起了她所有母性的温柔与热情，她忍不住急切地解释起来："丹枫，别这样说！你看，你一打电话给我，我就来了。我还是以前的高姐姐，和碧槐一起带着你划船游泳的高姐姐！好吧，丹枫，你说你想再问我一件事，是什么事呢？"

"你记得，姐姐有记日记的习惯？"

"是的。"

"她死后，那些日记本到什么地方去了？"

亚萍蹙着眉沉思。"我不知道，"她想了想，"可能在她男朋友那儿，她死后所有的东西都给那个人拿走了。"

丹枫点点头，用手下意识地扯着那瓶玫瑰花的叶子。

"我真的该走了！"亚萍跳了起来，看看丹枫，"你不走吗？"

"我要再坐一下。"丹枫说，对她含愁地微笑着，"谢谢你来，高姐姐。"

亚萍伸手在她肩上紧握了一下，诚恳地凝视着她，然后，她俯下身子，真挚而热心地说："听我一句忠告，好不好？"

"你说！"

"别再为碧槐的事去寻根究底了，丹枫。反正她已经死了。你就是找出了她自杀的原因，她也不能再复活一次了。让它去吧！丹枫，你姐姐生前最疼你，如果她知道你为她如此苦恼，她泉下也会不安的。是不是？"

她不语。眼光定定地望着手里的玫瑰花，她已经把一朵玫瑰扯得乱七八糟。她细心地把花瓣一片片地扯下来，再撕成一条一条的，她面前堆了一小堆残破的花冢。然后，她就开始撕扯那些叶子。亚萍再看了她一眼，叹口气，低声地说："如果当初，她跟你们去英国，大约就不会发生这件事了。一切都是命运，你认了命吧！"

她咬紧牙关。

"什么意外都可能是命运，"她从齿缝里说，"自杀绝不是命运！一个人到要放弃生命的时候，她已经是万念俱灰了。"她撕扯着花瓣："奇怪，法律从来不给负心的人定罪！如果发生了一件车祸，司机还难逃过失杀人罪！而移情别恋呢？法律上从没有一个罪名，叫移情别恋罪！"

亚萍拍拍她的肩膀："别想得太多，丹枫。法律只给人的行为定罪，不给人的感情定罪。"

她凝视着手里的花瓣，默然不语。亚萍再望了她一眼，终于说了句："我走了！"

她目送亚萍离去，坐在那儿，她有好一会儿都没移动身子。咖啡馆里的光线暗淡下来了，屋顶的吊灯不知何时已经亮了。她继续坐在那儿，不动，也不说话。半晌，她才慢吞吞地站起身子，走到柜台前面的公用电话边，她拨了一个号码。"喂，江淮吗？我是丹枫。"她说。

"丹枫！"江淮那热烈的声音，立即急切地响了起来，"你在什么地方？你怎么总是失踪？我打了一整天的电话找你！"

"我在一家咖啡馆，叫作心韵，你知道吗？"

"没听说过，在什么路？"

"在士林。"

"士林！你到士林去做什么？"

"我在这儿等你，"她看看表，"我给你三十分钟时间，过时不候！"

"喂喂……"

她挂断了电话，坐回到自己的位子上，她再叫了一杯咖啡。燃起一支烟，她慢慢地吸着烟，慢慢地吞云吐雾，她眯起眼睛，注视着那向上飘散的烟雾，她吐了一个烟圈，又用小匙将那烟圈搅散。然后，她看着桌上的花瓣，用手指拨弄着花瓣，她把那些残红拼成了一个心形，再用火柴棍在那心形上划下一个十字，她再拼第二个心形，又划第二个十字……她熄灭了烟蒂，有个人影遮在她面前，她听到那男性的、重浊的呼吸声。她把整个心形完全搅乱。抬起头来，她接触到江淮闪亮的眼光，他喘吁吁地坐在她对面。

"看过'007'的电影吗？"他问。

"怎么？"她不解地。

"那电影里有一种电子追踪器，不知道什么地方买得到？"

"干吗？"

"必须在你身上装一个，那么，你走到哪里，我都可以知道。你像只会飞的鸟，我永远无法预测你每天的去向。"

她笑了，站起身来。"我们出去走走吧，我一个人在这儿坐了好半天了！"

他看看亚萍喝过的那个咖啡杯。

"你不是一个人！"他说。

"唔。"她哼了一声，扬扬眉毛，"我和男朋友在这儿谈天，谈了一半他走了，我一个人好无聊，只好把你叫来填空。"她凝视他，大大的眼睛里有着复杂难解的神情，嘴角边有着淡淡的笑意："满意了吗？"

他叹口气，也站起身来："只要看到你，有多少不满意也都不存在了。"

她斜睨着他："你很会说话！像姐姐说的，你聪明、能干、幽默、会说话！这种男人是女人的克星！"

"是吗？"他挽着她，他们走出了咖啡馆，"我倒觉得，你是男人的克星！"

"何以见得？"

"你是一条鱼。"他幽幽一叹。

"什么？"

"记得你研究过的鱼吗？它们是最奇妙的生物。身上有几千几百个鱼鳞，每个鱼鳞都像一块宝石，映着阳光会发出五颜六色的光芒，它们的形状形形色色，在水里游动时是最好的舞蹈家。而且，它们光滑细腻，你抓不牢它，捉不稳它，它游向四面八方，游向大海河川，游向石隙岩洞，你永远无法测知它的去向。"

她扬起睫毛，乌黑的眼珠蒙上了一层薄雾，街灯那昏黄的光线柔和地染在她的脸上，一滴雨珠在她的鼻尖上闪着光芒。她伸出手去，握住了他的手，她的手柔软而温适。

"抓牢我吧。"她低低地说，声音温柔如梦，"我不想逃往海洋，早就不想了。"

他们停在他的车子前面，她迟疑了一下。

"我们走走，好不好？"她挽紧了他的胳膊，"如果你还有雨中散步的雅兴。"

"和你在一起，什么雅兴都有。"

"和姐姐在一起的时候呢？"

他的胳膊陡然硬了。"丹枫，"他轻声地说，"我能不能请求你一件事……请你以后……"

"不提姐姐吗？"她很快地问。

她注视他。他眼底有一抹痛楚的、忍耐的、苦恼的神色，他那两道浓密的眉毛，紧紧地锁在一块儿，他唇边的肌肉绷得很紧，他在咬牙。半晌，他脸上的肌肉放松了，他叹了口气。"不，你可以提她。要你不提她，是件不公平的事。她毕竟是你的姐姐，是我们都爱过的人，还是——我们之间的媒介：没有你姐姐，我不可能认识你。"

她的心脏绞成了一团，怒火顿时在胸腔中燃烧起来。而且，这火焰迅速地蔓延开去，燃烧在她每个细胞和每根纤维里。

"我宁愿你是我的姐夫，我不愿姐姐是我们之间的媒介！"她大声地说，有两滴泪珠骤然冲进了她的眼眶。"难道你希望姐姐死掉，以便给我们认识的机会？你——"她声音不稳，怒火冲天："真残忍！真无情！真忘恩负义！真令人心寒！"她一连串地诅咒着，掉转头，她向外双溪的方向冲去。

他愣了两秒钟。

"丹枫！"他叫，拔腿追上去。

她埋着头向前疾走，风鼓起了她的斗篷，她那梳着发髻的头高傲地昂着。冬季的斜风细雨，挂在她的肩头，挂在她的衣襟上。她冲向了通往博物院的小径。

他追上了她。"丹枫！"他抓住了她的手臂，懊恼地，沙哑地，痛苦地喊，"你要我怎么办？忠于你的姐姐，停止爱你？还是爱你而不忠于你的姐姐？"

她站住了，回眸看他。他们停在博物院的屋廊底下。那巨大的廊柱在地上投下了一条条阴影，灯光淡淡地涂抹在她的脸上，她脸色苍白如纸，眼珠漆黑如夜。一种近乎恐惧的、迷惘的表情，浮上了她的嘴角，她张开嘴，想说话，却没有声音。好半晌，她才嗫嚅着，软弱地说："我告诉过你我怕你，江淮。我发现我是真的怕你，你……你为什么不躲开我？"

"真的怕我？"他困惑地盯着她，"丹枫，你是什么意思？我的爱不会害你！"

她恐惧地扑进了他的怀里，把头藏进了他的怀中。

"我是一只在林梢的雁子。"她战栗地，轻声地说着，"我不是一条彩色的鱼，我是一只流浪的孤雁。"

"不要怕，丹枫。"他柔声说，"你累了，这些年以来，你没有家，没有亲人，你累了。"他抚摩着她的背脊，她那瘦瘦的背脊是可怜兮兮的："你不要再飞了，你需要休息，你需要一个窝。"

"流浪的孤雁没有窝，"她低语，轻轻地推开了他，她低头走往那廊柱的阴影下。"雁儿在林梢，风动树枝小……"她喃喃地念着，"雁儿雁儿何处飞？千山万水家渺渺！"

他走过去，伸手抓住了她的双手，她的手微微战栗着，她的眼睛迷惘地大睁着，看着他。

"流浪的雁儿飞回了家乡，青山绿水都别来无恙。"他坚定地看着她，稳定地握着她，他声音里充满了一种令人无法抗拒的力量。"不要和你自己作战，丹枫。我觉得，你始终在抗拒我，为什么？"他把她拉近自己，"我会给你安定和幸福！允许我爱你，允许我保护你！"她闪动着眼睑，用牙齿咬住了嘴唇。她那长长的睫毛上挂着一粒雨珠，他把她拉进怀中，用嘴唇温存地吻掉了那雨珠，他的嘴唇在那睫毛上逗留了一会儿，再从她眼睛上滑下来，落在她的唇上。

第六章

淡淡的三月天，

歌声荡漾在阳光里。

淡淡的三月天，

杜鹃花开在山坡上，

杜鹃花开在小溪旁，

多美丽啊……

江浩躺在草地上，仰望着白云青天，耳边听着晓霜那像银铃般的歌声。他把一沓书本放在头下，看那白云的飘移，看那树枝的摇曳。是的，淡淡的三月天！晴朗的三月天！美丽的三月天！迷人的三月天！属于青春的三月天！属于欢乐的三月天！属于江浩的三月天！

在他身边，一条潺湲的小溪正淙淙地流泻，流水扑激着岩石，发出很有节奏的音响。他微侧过头去，眯起眼睛，望着那正手忙脚乱地在垂钓的晓霜。她卷着裤管，光着脚，站在溪边的一块大石头上。她头上歪戴着一顶草帽，帽檐下露出她那乱糟糟的短发，短发下是她那永远红润的面颊，永远喜悦的脸庞和永远明亮的眼睛。她穿着件桃红色印花衬衫，衬衫的扣子总是没扣好，衣角拦腰打了个结。每一次弯腰，那衬衫就往上耸，总裸露出她背上的一段肌肤。她的皮肤白皙，江浩必须克制自己，不在她腰上的裸露处动手动脚。

她绝不是很好的垂钓者，更不是个很有耐心的垂钓者。她从来看不清鱼漂的沉浮，每隔几秒钟就去拉一次钓竿，拉的技巧又完全不对，十次有八次把鱼钩钩到了树枝上。每当这时，她就尖叫"江浩救命"，小雪球就跟着尖叫："哇唔汪汪！哇唔汪汪！"闹得惊天动地。江浩心想，别说这河里不见得有鱼，真有鱼大概也给这一对活宝给吓得逃之夭夭了。

晓霜已有很长一段时间没有惊叫了，显然，她在训练自己的耐心，站在那石头上，她手握钓竿，嘴里哼着歌曲，一副挺悠闲的样子。小雪球伏在她的脚下，直着耳朵，竖着毛，正在全神戒备的状况里。江浩望着这幅"春溪垂钓图"，心里就洋溢着一片喜悦，这喜悦从他四肢百骸中往外扩散，一直扩散到云天深处去。

晓霜的歌声断断续续的，江浩侧耳倾听，这才听出她早就换了调子，换了歌词，她正哼哼唧唧地唱着：

鱼儿鱼儿听我说，
肥肥鱼饵莫错过。

鱼儿鱼儿听我说，

快快上钩莫逃脱。

鱼儿鱼儿听我说，

再不上钩气死我。

鱼儿鱼儿听我说，

我的耐心已不多……

　　江浩竭力要忍住笑，听她越唱越离谱，越唱越滑稽，她还在那儿有板有眼地唱着，他实在忍俊不禁。忽然间，大约是她那荒谬的歌词感动了上苍，她的鱼漂猛往下沉，鱼竿也向下弯去，她慌忙大叫："哎哟，不得了！鱼来啦！"

　　一面就手忙脚乱地拉竿子。江浩慌忙从地上跳起来，正好看到鱼线出水，在那鱼钩上，一条活生生的、半尺来长的鱼在活蹦乱跳。鱼鳞映着阳光闪烁。江浩简直不敢相信自己的眼睛，他紧张地大喊："晓霜，抓牢竿子，别给它逃了！"

　　"哎哟！不得了！"晓霜嘴里乱七八糟地嚷着，"是一条鱼！居然是一条鱼！你看到了吗？哎哟！不得了！它的力气好大！哎哟！救命！江浩！救命！"

　　她死命握着竿子，那鱼死命在竿子上挣扎，鱼竿被拉成了弓形。小雪球这一下可兴奋了，它伏在地上，不住往上跳，不住地叫着："哇唔汪汪汪！哇唔汪汪汪！"

　　"抓牢！晓霜，抓牢！"江浩也叫着，冲过来，他跳上石块，来帮晓霜收竿。谁知，这石块凸出在水面上，实际的面积很小，又都是青苔，滑不留足，他跳过来，这一冲的力量，竟使晓霜直向水中栽去，她大喊："鱼儿讨命来啦！"

"扑通"一下摔进了水中。江浩再也顾不得鱼竿，急忙伸手一把拉住晓霜的手，要把她往岸上拉。谁知，晓霜握牢了江浩，用力就是一扯，江浩"哎哟"叫了一声，也一头栽进了水中。他从水里站起来，幸好水深只齐膝盖，他看过去，晓霜正湿淋淋地站在水中，拊掌大笑。他气冲冲地嚷："我好意救你，你怎么反而把我往水里拖！"

"有福同享，有难同当！"晓霜像唱歌似的念叨着，"有水同下，有跤同摔！"

江浩瞪着她，又好气又好笑。正要说什么，晓霜忽然一声惨叫，叫得天地变色，她惊天动地地狂喊："小雪球！小雪球要淹死了！"

他定睛一看，才看到小雪球正扑往水中，去追那顺水而下的钓竿。它那肥肥的小腿在水里灵活地划动，哪儿有淹死的样子？它在水中生龙活虎的像个游泳健将。江浩被她的惨叫吓得三魂冲天，七魄出窍，只当小雪球已经四肢朝天断了气，等看到它那活泼机灵的样子，他真是啼笑皆非。踩着水，他大踏步地走过去，把小雪球从水里抱了起来，揽在怀中，那小雪球还兀自对着那早已飘得无影无踪的钓竿示威。

他们上了岸。这一下，两人一犬，全都湿漉漉的，说有多狼狈就有多狼狈。小雪球浑身抖了抖，把水珠甩得四面八方都是，就自顾自跑到阳光下晒太阳。江浩望着晓霜，两人对视着，她说："好了！你预备怎么办？"

"反正我们带了外套，"他说，"把湿衣服换下来吧！这儿也没人看见!"

"我才不在乎衣服湿不湿!"她扬着眉毛,气呼呼的,"我问你预备怎么办?"

"什么东西怎么办?"他不解地。

"我的鱼呀!"她跺了一下脚,睁大了眼睛,"这是我一生唯一钓到的鱼,你把它放跑了,你赔我一条鱼!"

他用手搔搔头。"这可没办法,"他说,"鱼早就跑了,我怎么赔你?是你自己不好,收竿都不会,还钓鱼呢!"

"你还怪我?"她双手叉腰,气势汹汹,"你赔不赔我鱼?你说!我又唱催眠曲,又唱威胁曲,又唱利诱曲,好不容易,连威胁带利诱,才让那条鱼儿上了钩。你呀,你假装帮我忙,实际是帮鱼的忙,把鱼放走了不说,还把我推到水里去!差点把我淹死……"

"没那么严重吧?"他打断了她,笑意遍洒在他的脸上,"别闹了,既然这水里真有鱼,我钓一条还给你!"

"你去钓!你去钓!"她推着他。

他往水边走了两步,回过头来。"没竿子怎么钓?"他问。

"那是你的事,不是我的事!"她撒赖地说。

他注视她,她那灵活的大眼睛,乌溜溜的;她那嚅动的小嘴巴,红艳艳的;她那湿淋淋的衬衫,裹着她那成熟的胴体。她站在他面前,浑身散发着一种女性的魅力。他转开了头。

"你再不换衣服,会受凉的!"他嚷着。

"那是我的事,不是你的事!"她依然撒赖。

"你最好去把湿衣服换掉，"他压低嗓子说，"否则，是你的事还是我的事就分不大清楚了。"

她天真地看着他："什么意思？我听不懂！"

"去换衣服！"他大叫。

她吓了一跳，看他一眼，不敢多说什么，她抱起地上的衣服，她多带了一件牛仔布的夹克。她向密林深处的一块大石头后面走去，一边走一边说："我在石头后面换衣服，你不许偷看哟！"

他低低地在喉咙里诅咒了一声，就四仰八叉地在草地上躺下来，望着天上的白云发愣。那些云亮得刺眼，白得刺眼，软软地、柔柔地、缓缓地、轻轻地……从天空的这一端飘向了那一端。

蓦然间，石头后面传来了晓霜一声尖锐的惨叫，他直蹦起来，额头在一棵树上猛撞了一下，他也顾不得疼，只听到晓霜带哭音的尖叫："江浩！有蛇！有一条蛇！"

他奔过去，正好看到晓霜裸露着的、雪白的肩膀。她一下子用衣服遮在胸前，又尖叫着说："你不许过来，我没穿衣服！"

他站住了，红了脸，硬生生地转开头去："你怎么样了？给蛇咬到了吗？你先出来再说！"他一连串地讲着，急得声音发颤。

"哎！"晓霜慢吞吞地呼出一口长气，细声细气地说，"我看错啦！原来是一条藤。"

他转回头来，她正在拉夹克的拉链。他伸出手去，一把把她从石头后面拉出来，用力把她拉进了怀里，他用胳膊牢牢地箍着她，他的眼睛里燃烧着火焰，紧紧地、死死地盯着她，他的声音沙哑而低沉："小姑娘，不管你是真天真还是假天真，不管你是淘气还是装疯卖傻，我不预备放过你了。"

俯下头去，他紧紧地吻住了她。他的嘴唇带着烧灼的热力，压着她的。她的唇却柔软而清凉，像早晨带着雨露的花瓣。他抬起头来，她的眼睛睁得大大的，用一种美妙的、惊奇的、做梦似的表情看着他。

"傻瓜！"他骂，"你不会把眼睛闭起来吗？你这样瞪着我看，使我连接吻都不会了！"

她立即把眼睛闭了起来，闭得紧紧的，睫毛还在那儿不安分地抖动。她的嘴唇微噘着，一副"待吻状"。他看着她，笑了："你——真是要命！"

她张开眼睛。"还不对吗？"她问。天真地扬着睫毛。

他看了她好一会儿，握住她的手，他说："过来！"

他牵着她，在草地上坐了下来，他侧头注视着她。原先在他身体里、血管里、胸口里奔窜的那股热流，以及那燃烧着他的、原始的欲望已经消失了。他觉得她洁净如涓涓溪流，单纯如天际白云，清丽如幽谷百合。

"晓霜，"他说，"你今年到底几岁？"

"十九。"

"你交过男朋友吗？"

"交过起码二十个。"

"认真过吗？"

"认真？"她迟疑地看着他，扬着睫毛，睁着那对黑白分明的大眼睛。"怎么样就叫认真？"她问。

他被问住了。怎么样就叫认真？他想着，居然无法回答这问题。因为，他忽然了解了一件事，自己还没有对任何异性认真过，也从没有尝过认真的滋味。他和女孩子玩，一向都潇洒得很，不管玩得多热络，分开就分开了，他从没有为谁牵肠挂肚害相思病。

"认真就是——"他搜索枯肠找寻恰当的句子，"就是认定一个男朋友，和他海誓山盟，非他不嫁！也就是真正的恋爱。没有他就会很痛苦，很伤心。"

她摇摇头，短短的发鬈儿拂在额上，幸好头发没湿，发丝被风吹得乱糟糟的。她的神情真挚而严肃，有点像个"大人"了。

"这样说，认真是件很傻的事，对不对？"她说，"我从不相信那些小说家笔下的爱情，我也不相信什么海誓山盟，什么非卿不娶，非君不嫁这种事！不，我没有认真过，也不会对谁认真，包括你在内。"

他皱皱眉，觉得有点不是滋味。"哼！"他轻哼了一声，"很好，你不会对我认真，我也不准备对你认真！"

"这样最好。"她眉开眼笑，如释重负，"你突然对我严肃兮兮地提出什么认真问题，吓了我好大一跳。"

"怎么会吓你一跳呢？"他问。

"你不要总以为我是小孩，好不好？"她说，"其实我也懂很多事，我告诉你我知道的一个故事，我有个同学，她对一个男孩子认了真，没多久，那男的变心了，你猜我那个同学怎么样？她自杀了！这就是对感情认真的结果。"

他的眉头蹙得更紧了。"你也不要用一个例子，来否定了天下的感情！"他说，"照你这种说法，最好男女间都不要恋爱！"

"对了！"她随手捡了一个松果，向远处掷了出去，引得小雪球满树林去追。"恋爱是傻瓜做的事！"她忽然转头看他，很担心地，很仔细地，很惶恐地凝视他，小心翼翼地说，"我问你一件事，你要坦白告诉我！"

"好的。"

"你刚刚吻了我，"她说，忧心忡忡地皱拢了眉头，"那只是好玩，对不对？"

"这个……"他怔了，望着她，他不知该如何回答。半天，才嗫嗫嚅嚅地说："也不……不完全只是好玩，我……我想，我是情不自已，我……我……"

她的眼睛睁得好大好大。"天哪！你总不会对我认真吧！"她大惊小怪地叫，就像又发现了一条毒蛇似的。

"认真你个大头鬼！"他大叫。觉得一肚子的气没地方出，面对她那张大祸临头似的脸，他又急又怒又啼笑皆非，而且，他觉得被刺伤了，被她那种态度刺伤了。他急于要武装自己，就一迭连声地叫了起来，"你少自作多情！我吻过的女孩子起码有一百个，你是最没有味道的一个！认真？我怎么可能对你认真？我要是认真就是王八蛋！只有傻瓜才把一个吻看得那么严重！难道从没有男孩子吻过你吗？你笨得像一段木头，连反应都没有……"

他的话还没说完，她突然扑了过来，用嘴唇迅速地堵住了他的嘴。她的胳膊热烈地缠着他的脖子，她的嘴唇辗转地，吸吮地，紧压着他。她那灵活的舌尖，像一条夭矫的蛇，温存、细腻、缠绵地蠕动着。他的心跳了，气喘了，浑身的血液都沸腾了。他不由自主地抱紧了她，把她整个小巧的身子都紧拥在胸前。他的头晕晕的，目涔涔的，整个人都轻飘飘地要飞起来，飞起来，飞起来……飞到那云层深处去，飞到那青天之外去，飞到那火热的太阳里去！火热的，是的，他全身都火热起来，全身都燃烧起来，他的心脏几乎要裂腔而出了……

她放开了他，抬起头来。她的眼睛水汪汪地望着他，黑黝黝地望着他。

"还敢说我不会接吻吗?"她低声说，"我只是不愿意而已！"

他盯着她，目眩神驰。一时间，竟说不出话来。

她俯身拾起自己的湿衣服，叫来了小雪球，她把雪球抱在怀中，站在那儿，她低头看他。

"你骂我是木头，又骂我是傻瓜！我从没被男孩子这样骂过，我不跟你玩了，我永远不理你了，我要走了！"

他一唬地从地上直跳起来，伸手去拉她。"不要，晓霜，"他急急地叫，"你骂还我好了！你骂我是石头，是泥巴，是蜗牛，是螳螂，是什么都可以！只要你别不理我！"

她掉转了头，抱着小雪球就走。

他匆匆拾起地上的衣服，也跟着追了过去。

"晓霜！"他叫，"你真生气啊？"

她嘟着嘴，自走自的，根本不理他。

"晓霜！"他把手伸过去，异想天开地说，"你叫雪球咬我好了！"

她的眼睛一亮，真的把雪球举起来，说："咬他！"

那雪球还真听话，张开大嘴，一口就咬住了江浩的手掌边缘。别看这狗个子小，几颗牙齿却锋利无比，咬住了就牢牢不放。江浩这一下可吃足了苦头，他开始"哎哟""哎哟"乱叫起来："我的上帝！我的老天！哎哟！晓霜，它注射过狂犬疫苗没有？否则，我发了狂犬病，头一个咬你！哎哟！哎哟！要咬出人命来哩……"

她忍不住笑了起来，把小雪球抱开。他看看手掌，咬了几个小孔，沁出了血渍。他要掏出手帕来包扎，才发现手帕是湿的。他甩了甩手，对她叽里咕噜地、低低地、发音不清地说了一大篇。她听不清楚，问："你在说什么？"

"天下最毒妇人心！"他大叫。

"你又骂我！"她把狗往地上一放，命令地说，"雪球！去咬他！重重地咬！"

他拔腿就跑，雪球"汪汪汪"地叫着，追着。晓霜在后面又笑又跳。他一口气跑了好远，兰蕙新村已经在望了。晓霜喘吁吁地跟了过来，抱起雪球，抚摩着它的胸口，对江浩说："瞧！都是你，害它跑得气都喘不过来了，如果它因此害上心脏病，唯你是问！"

"呵!"他说,"交你这个朋友真倒霉,还要对你的狗负责!"

她笑了,转头望着兰蕙新村,说:"我回去了,奶奶等我吃晚饭!"

"明天请你看电影!"他说。

"我明天和奶奶去台中,奶奶要去拜访她的老朋友。"

"不许去!"他说。

"你还没资格对我用'不许'两个字!"

"什么时候有资格?"

"永远没有资格!"她望着他,笑嘻嘻地,"我们是一场游戏,一场不认真的游戏,游戏里没有严重的用字!所以,你无权'不许'我怎样,我也无权'不许'你怎样。"她举起雪球的脚爪,对江浩挥了挥。"再见!"她轻快地说,转过身子,跳跳蹦蹦地走了。

他目送她的影子消失,心里又开始不是滋味起来。不认真!好好的为什么要找这样一个话题来谈!有几千几百个话题可以谈!江浩,你是个浑球!

他往自己的"蜗居"走去,才走到巷口,他就发现那儿停着一辆熟悉的雪佛兰,他欢呼一声,直冲过去。江淮正倚在车门上,对他含笑而视。

"到什么地方去了?"江淮笑嘻嘻地问,"星期天也不肯待在家里。我来了好半天,都进不去家门。"

江浩伸头对车窗里望了一眼,车里是空的。

"你在找什么?"江淮问。

"找那个可能当我嫂嫂的人!"

江淮在他肩上敲了一记。

"我还没勇气把她带到你的'蜗居'里来,怕把她吓跑了,她有洁癖,家里是纤尘不染的!"

江浩受伤地嘟起了嘴。"这种女人,我开除她的嫂嫂籍!"

江淮脸色一变。"老四,少胡说!"

江浩耸耸肩,做了个鬼脸,斜睨了江淮一眼,自然而然地问:"大哥,你是不是在认真?"

"认真?"江淮一怔,正色说,"是的,老四,我在认真,非常非常认真。"他摸着江浩的衣领,"你的衣服怎么是湿的?你做了些什么?"

"我掉到河里去了。"江浩心不在焉地说,伸手从口袋里掏出房门钥匙,去开那"蜗居"的门。

"和那个女孩在一起?"江淮问。

"是的,她也掉到河里去了!"

"老四,"江淮一本正经地问,"那么,我也要问你一句,你是不是在认真?"

"认——真?"江浩的舌头上打了个结,心里也打了个结,脑子里也打了个结,他用脚把房门一脚踹开,大声地,转变话题似的说:"到我'蜗居'里来谈吧!你别小看我这个蜗居,它对我那位纤尘不染的嫂嫂来说可能是个垃圾堆,可是,也有人把它当成一个'天堂'呢!"

第七章

　　江淮走进了那个"天堂"，才跨进去第一步，就差一点被地板上的一摞书绊个跟斗，好不容易站稳，第二步就一脚踩进了一个水碗中，原来那地板正中竟放着一大碗的水，江淮惊愕地抬起腿来，江浩已经在哇哇大叫："哎呀，大哥，你小心一点呀，你把雪球的茶杯给踩碎了！"

　　"雪球的茶杯？"江淮蹙起了眉头，"这是哪一国的谜语？"

　　"不是谜语，是正经话！"江浩说，手忙脚乱地把地上堆积的唱片套、录音带、书本、砖头、木板……都往墙角里堆去，想腾出一块可以走路的地方。

　　江淮四面看看，发现有个肥皂箱，似乎是比较安全的所在，就小心翼翼地对着那肥皂箱坐下去，谁知，江浩尖叫了一声："不能坐！"

　　他直蹦起来。江浩已经跑过来，把那肥皂箱轻轻地捧在手里，又轻轻地拿到房门外面去，好像那里面有什么神秘的易爆品似的。江淮大惑不解地看着他，问："里面有定时炸弹吗？"

"不是。你好险！真险！差点你的屁股上要千疮百孔了！"

"怎么？是炸药？"

"不是。是一箱蜜蜂。"

"一箱蜜蜂？"江淮惊异地瞪大眼睛，"你弄一箱蜜蜂干什么？你在学养蜂吗？你学的是英国文学，又不是昆虫学！"

"我是用来吓唬晓霜的！她最怕小虫子，飞的、爬的、动的、跳的……她都怕，我放两只蜜蜂满屋子飞，准会吓得她往我怀里面钻……"

"老四！"江淮板了板脸，"追女孩子，手段要正大光明，用蜜蜂攻势，未免太不漂亮了吧！"

江浩耸耸肩，讪讪地说："对晓霜谈正大光明？你根本没闹清楚她是怎样的人，假如你一天不给她点苦头吃，她一定会给你苦头吃！所以，你必须要准备一点奇招，否则你就惨了。"

江淮看着弟弟，心里隐隐觉得，情况越来越不妙，这个林晓霜，看样子比自己想象的还难缠。到底是何方神圣，非弄弄清楚不可。他再四面看看，桌上是乱七八糟的书，地上是乱七八糟的杂物，椅子上是乱七八糟的衣服鞋袜。显然，这"天堂"中能够"坐坐"的地方都很不容易找到。

"喂，老四，"他忍不住说，"我可以坐在什么地方，是比较安全，没有蜜蜂炸药的？"

江浩也四面看看，用手抓抓头，赧然地笑了："床上吧！"

床上堆满了棉絮、枕头、靠垫……但是，总之是柔软的东西。他小心地越过了地上许多"障碍物"，好不容易挨到了床边，才慢慢地坐下去。忽然间，屁股底下有件硬硬的物体，接着，就发出一声"吱呀"的怪叫声，他吓得直跳起来，伸手一摸，从棉絮堆里掏出了一个会叫的玩具狗熊。他呼出一口长气来，说："老四，到底你这天堂里还有多少埋伏，一起找出来吧，否则，实在让人有点心惊胆战！"

江浩奇怪地，大惑不解地微蹙着眉，忍住笑说："真奇怪，你一来就到处遇到陷阱，我每天住在这儿，从来不会有麻烦！"

"你对这些陷阱都熟哩！"江淮说，拎着那只玩具熊，仔细看去，那是只毛茸茸的小狗熊，身上的毛已经东一块西一块地斑驳了，一只耳朵掉了，一条腿断了，尾巴也歪了……他咬咬嘴唇，对那狗熊横看竖看。

"我不知道你还在玩小动物。"他说，"老四，如果你喜欢狗熊的话，我买个新的送你，这个……实在应该进垃圾箱了！不过，大学二年级了，你——怎么还玩狗熊呀！"

江浩一下子红了脸，扑过来，他劈手夺走了那只狗熊，急急地辩白："谁说我还在玩狗熊？这是雪球玩的！雪球没它就不能活！"

"雪球？"江淮忍耐地问，他根本没弄清楚雪球是什么，以为是他们朋友间的绰号，"雪球也是你的朋友吗？是男的还是女的？"

"是女的！它不是我的朋友，是晓霜的！"

"她也经常在你这个'天堂'里吗？"

"是呀！有晓霜，就有雪球。"他笑嘻嘻地说，"雪球最喜欢我的床了，每次钻在被窝里都不肯出来。我和晓霜就也钻进被窝里去抓它，三个人在被窝里闹得天翻地覆，才有趣呢！"

江淮的眼睛睁得大大的，惊愕得几乎说不出话来。

"你们三个在被窝里闹得天翻地覆？"他不信任地问。

"是呀！雪球喜欢这样玩。"

"晓霜也喜欢？"

"是呀！晓霜最乐了！她抓住了雪球，就没头没脸地吻它，雪球也吻晓霜，呵，你没看到她们那股亲热劲儿！"

江淮快要昏倒了。

"老四，"他呻吟着说，"你最好给我一杯水。"

江浩四面找寻，从床底下拖出了一箱可乐，开了一瓶，他递给江淮，担心地说："大哥，你怎么了？一定工作得太累了，脸色不大好。"

江淮喝了一大口可乐，憋着气说："我的脸色与我的工作一点关系都没有！老四，我跟你说，你马上把你这个蜗居给退掉，你跟我住到台北去，我宁愿买辆汽车给你上课下课用，不能让你在这儿堕落毁灭！"

"堕落毁灭？"江浩挑起了眉毛，瞪大了眼睛，"大哥，你太严重了吧？我怎么堕落毁灭了？我只是生活乱一点，但是我活得很快活，很充实……"

"乱一点？"江淮几乎是吼叫了出来，"你岂止是乱'一点'？你简直是乱七八糟，乱得不像话，乱得离了谱了！你还敢说你快活，充实，你快把我气死了！"

"大哥！"江浩又惊又怒，脸就涨红了，连脖子都红了，"你不要小题大做好不好？你有个什么纤尘不染的女朋友，就希望全天下的人都纤尘不染吗？我高兴乱，我喜欢乱，我乱得开心就好了！人各有志，我乱我的，你干净你的，我才不住到你那儿去受'干净'气呢！""老四！"江淮气得脸都发青了，眉毛都直了，"很好，人各有志，你乱你的，我干净我的，我管不了你！但是，老四，你别做出伤风败俗的事情来，让爸爸妈妈知道了，会掀掉你的皮！"

"伤风败俗？"江浩的眼睛瞪得滚圆，"我偶尔伤风感冒一下倒是有的，又怎么谈得上伤风败俗了？"江淮把可乐瓶子重重地往桌上一顿，大声说："你还有闲情逸致跟我贫嘴！我告诉你，老四。我知道你们这些大学生新潮得很，花样多得很，生活乱得很！你大概认为我是老古董，我保守，我不够开明，随你怎么想！你要过你的嬉皮生活，我也过问不了，但是，什么事我都可以忍受，唯有同性恋这件事，我绝对无法接受！"

"同性恋？"江浩张大了嘴，傻呵呵地瞪着江淮，怪声说，"同性恋？大哥！你在说些什么鬼话？你以为晓霜是男孩子吗？""不是你和晓霜！"江淮吼着，"是晓霜和那个什么雪球，雪球！"

江浩怔了几秒钟，眼睛瞪得比铜铃还大。接着，他就一下子捧腹大笑了起来，笑得弯腰驼背，笑得气喘如牛，笑得眼泪都滚了出来。他用手指着江淮，笑得说不出话来，只是一个劲儿地说："哈哈！你……你……哈哈……你以为……你以为……哈哈！不得了！我的气喘不过来了！哈哈！不得了，我要告诉晓霜去……哈哈哈！哈哈……"他干脆捧着肚子，滚倒在地板上去了。

"怎么了？"江淮不解地问，"你葫芦里卖的是什么药？什么事情这么好笑？"

"同性恋！"江浩滚在地上叫，"晓霜和雪球闹同性恋！晓霜成了小狗了，哈哈哈！"

"小狗？"江淮皱拢了眉头，"你的意思是……"

江浩从地上一跃而起，把手放在江淮的肩膀上，望着他的眼睛，边笑边说："我的好哥哥，你莫名其妙地把我骂得狗血淋头，原来是为了小雪球！你不知道，小雪球是一只狗呀！一只北京狗！小哈巴狗！只有这么点大！"他用手比了比，"它是晓霜的心肝宝贝，走到哪儿抱到哪儿！女孩子爱小狗，总不能算是女嬉皮和同性恋吧！"

江淮凝视着江浩，眼睛也睁得大大的。他知道自己闹了笑话，想笑，又要强行忍住，他憋了半天，才强词夺理地骂："你这个混蛋，你也不说清楚，我问你是男的是女的？你说母的就罢了，还说是女的！你故意引我入歧途……"

"你问得文雅，我就答得文雅呀！"江浩说，"我想，我那整天跟文学为伍的哥哥毕竟不同，问小狗的性别还用'男女'二字……啊哈，哈哈……哈哈……"他越想越好笑，笑神经一发作，再也忍不住，又大笑特笑起来。于是，那紧绷着脸儿的江淮也忍无可忍了，放开喉咙，他也大笑特笑起来。一时间，满屋子都是笑声，连屋顶都快被他们兄弟二人笑垮了。

好不容易，江淮停住了笑，望着江浩那被太阳晒成红褐色的脸庞，那神采奕奕的眼睛和那健康的、宽阔的肩膀……一种宠爱的、欣赏的心情就油然而生。他用手揽住了江浩的肩，亲热地望着他的眼睛，笑意仍然充盈在兄弟二人的脸上，他温和地说："好了，老四，我们来谈谈你那个林晓霜吧！"

"晓霜吗？"江浩忽然有点羞涩起来了，他揉揉鼻子，又抓抓耳朵，微微逃避似的说，"也没什么好谈的！"

"怎么没什么好谈呢？"江淮说，"你最近跟我通电话，十次有九次在谈晓霜。你别想瞒你老哥，以前你也交过女朋友，什么阿珊、小飞的，你可从没有三分钟热度，这次显然不同了。老四，"他诚挚地说，"你认真了，是不是？"

"认——真？"江浩懊恼地转过身子，怎么又绕回到这个烦人的问题上来了？他抓起江淮喝了一半的可乐，往嘴里咕噜咕噜灌了下去。"问题就在这儿，我没有认真，她也没有认真！"江淮仔细地看着江浩。

"不认真？不认真你就不会这样烦躁了。"他说，"何以见得你是不认真的？"

"因为——因为——"他又揉鼻子，又抓耳朵，"因为我告诉她，如果我对她认真，我就是混账王八蛋！"

江淮诧异地挑高了眉毛。"你为什么要这样讲呢？"他不解地问。

"因为……因为……她逼我这样讲！"

"她逼你这样讲？"他更诧异了。

"是呀！她用那副怪模怪样的神情盯着我，尖声怪气地问我：你可不会对我认真吧？就好像如果我认真，会杀掉她似的！我干吗要对她认真？"他越讲越气，"她以为她长得漂亮，她以为她会接吻，会操纵男孩子！事实上，她什么都不懂，她只是个小孩子！一个又骄傲，又调皮，又任性，又淘气，又会疯，又会闹……的小孩子！我怎么会对个小孩子认真？"他重重地在桌上捶了一拳："我只是跟她玩一场游戏——这是她说的，我们在玩一场游戏，如此而已！大哥，你别少见多怪，我没认真！我才不会那么傻，去对她动真感情！她——她只是个刁钻古怪的野丫头！一会儿对你热情得要命，一会儿又放狗咬你！你瞧，你瞧，我手上还有狗牙齿印呢！这个疯丫头！鬼丫头！野丫头！"

江淮听他一连串地说着，说得完全没有系统，颠三倒四而又语无伦次。望着他那越说越激动的脸色，和他那充满懊恼与困惑的眼光，他沉吟了一下，安静地问："她住在什么地方？"

"兰蕙新村，距离这儿只有一小段路，散步过去，半小时就到了。"

"她和父母住在一起？"

"不，她是个孤儿，我没告诉过你吗？"

"你告诉我的太少了。"江淮笑笑，"她总不会一个人住在兰蕙新村吧？"

"还有她奶奶，就是祖孙两个人。她奶奶又老又聋，眼睛也看不清楚，牙齿也不全，话也说不清楚，对她根本就管不了。"

江淮蹙起眉头，沉思着，忽然下决心地从床沿上站起来，拍拍江浩的肩膀说："走！你陪我去兰蕙新村，拜访她们一下。"

"现在吗？"江浩惊愕地问，"我和她刚刚才分手！"

"那又怎样呢？"江淮问。

"不成！"江浩甩了一下头，"你不能去看她！"

"我为什么不能去看她？"

"这样太严重了！太小题大做了！"江浩烦躁地用脚踢着地上的瓶瓶罐罐。"我已经告诉你了，我和她只是在游戏，你以我家长的身份一出现，好像摆明了我在追求她。不成！我没追她，也不准备追她，所以你不需要去看她！你这一去，我休想在她面前抬起头来！"

江淮微笑着，深思地望着江浩："你坚持不要我去吗？"

"我坚持，非常非常坚持！"江浩慌忙说。

江淮叹了口气。"那么，老四，你要听我一句忠告。"

"什么忠告？"

江淮盯着他，慢吞吞地，深沉沉地说："保持距离，以策安全！"

江浩望着哥哥，笑了。但是，在那笑容的里面，却包含着某种不安与沮丧。他掉头看看窗子外面，暮色已经在窗外堆积弥漫，而且向窗内慢慢地涌入。他咬咬嘴唇，又去踢地上的瓶瓶罐罐。"大哥,你放心。"他喃喃地说。

"放心?"江淮摇摇头,"我还真不放心呢!听你的口气,那女孩是……"

"她是天使与魔鬼的混合品!"江浩打断了他。

江淮心中一凛。"这种女孩,是世界上最危险的动物。"他望向江浩,笑笑,"好吧,我就不去看她,我猜,过不了多久,你会来要求我去看她!"

"我才不会呢!我们只是玩玩而已。"

"好吧,玩玩而已。"江淮凝视他,"要钱用吗?老四,世界上最花钱的事就是交女朋友。"

江浩眼睛一亮。"大哥,你是天才,你算准我没钱了!"

江浩从口袋里取出一沓钞票,塞到江浩手里。江浩收了钱,兴致立即又高昂起来:"我请你到镇上吃海鲜去!"

"你请我?"江淮啼笑皆非,"刚收了我的钱,就拿我的钱请我吃饭,你好慷慨啊!"

"你不知道,"江浩神采飞扬地说,"钱在你的口袋里,是你的!你给了我,就是我的了,我没拿这个钱请晓霜吃饭,先请你,这还不够慷慨吗?"

"呵!看样子,我还该谢谢你呢!"江淮笑着说,在江浩肩上敲了一记,"不谈你的天使魔鬼,告诉我,你最近的功课如何?"

"莎士比亚说过一句话:在欢乐的时光里,不要谈扫兴的题目。"

"这是莎士比亚的话吗?我怎么没听说过?"

"哈！因为是我帮莎士比亚编出来的！"

"混账！"江淮笑着骂，"如果你敢挂掉任何一门功课，我剥你的皮！"

"你对你自己的弟弟太没有信心了！"江浩耸耸肩，"你想，我是什么人？大出版家江淮的弟弟，我老哥当年可是高材生……"

"贫嘴！"江淮骂，"越学越油腔滑调！是不是跟那个魔鬼天使学的？"

"魔鬼天使？"江浩一愣，"这倒是个好绰号，亏你想得出来，我要告诉晓霜去。"

江淮心中忽然掠过一抹微微的不安，他想起了陶丹枫的"黑天使"。隐隐中，不知怎的，他竟有种奇异的、不祥的感觉。望着江浩那张稚气未除，充满天真和欢乐的脸庞，他却感到有种无形的阴影，正笼罩在这年轻人身上。他仔细地看他，忽然说："老四，搬到台北跟我一起住，好不好？"

"才不干！"江浩嚷着，"你那个纤尘不染会把我赶出屋子！"他正色望着江淮："真的，大哥，你和那个纤尘不染进展到什么程度了？我快有嫂嫂了，是不是？"

"早呢！"他耸耸肩，忽然又说，"你别请我吃海鲜了，跟我去台北，我请你吃牛排吧！"

"有她吗？"

"是的。"

江浩沉思了两秒钟，笑了："我不去夹萝卜干，我找我的魔鬼天使去！"

"你不是说刚跟她分手吗？"

"是的。"江浩抓了抓头，"才分手又想见面，不知道是什么毛病？"

江淮正色看着江浩："老四，你有没有想过，你是在恋爱了？"

"恋爱？"江浩像触电般跳起来，似乎被蛇咬了一口。他大摇其头，紧张兮兮地说，"没有！没有！谁和那魔鬼天使恋爱，谁就倒了霉！没有。恋爱的不是我，是你。大哥，你那位陶丹枫是什么？陶——？"他顿了顿，愕然自语："怎么也姓陶呢？她是天使？还是魔鬼？你觉不觉得，女人与生俱来，就有一半是天使，一半是魔鬼，而且，她们天生是男人的克星！"

江淮怔了怔。"那也不一定"他喃喃地说。

"那么，我那位未来的嫂嫂……"江浩心直口快地说，"就一定是个百分之百的天使了。"他揽住了哥哥的肩，"大哥，这次，你该好好掌握你的幸福了，千万别像上次那样……"他蓦然停住了嘴。

"上次怎样？"江淮迅速地问，脸色发青了，"你知道些什么？谁对你提过？"

"没有，没有，没有！"江浩一迭连声地说，往小屋外面冲去。"你去吃你的牛排，我去吃我的海鲜，咱们过两天见！"

"站住！"江淮厉声说。

江浩缩回了脚，站在房门口。

"把话说清楚，"江淮严厉地说，声音僵硬。他的眼光紧紧地盯着江浩，里面闪着一抹阴鸷的光芒，"你听谁说过我的事？是什么事？"

"是，"江浩嗫嚅着，想逃避，"我也不知道，我只听大姐、二姐和妈妈她们谈过……"

"谈些什么？"他紧盯着问。

"你以前在台北爱过一个女孩子……"江浩无可逃避，只得吞吞吐吐地说，"那个女孩是个……是个魔鬼！她……玩弄了你，欺骗了你，又……又……"

"胡说！"江淮大叫。眉毛直竖，脸色铁青。

江浩吓得跳了起来。"大哥，你怎么了？"他结巴地说，"我……我也是听说嘛，反正……反正都过去了。妈妈说绝不能跟你提这件事……我……我忘了……好啦，大哥，我跟你道歉！"他一躬到底，努力微笑，做鬼脸，"小弟无知，大哥恕罪！"

江淮转过头去，闭了闭眼睛，咬了咬牙，终于，他长叹了一声。"好了，老四，别耍宝了。"他沙哑地说，"以后，记住，永远不许提这件事！一个字都不许提！尤其……在……在丹枫面前。"

"我懂。"江浩急急地说，"我不会傻到在未来嫂嫂的面前，去谈你过去的恋爱，我只说——"他自作聪明地加了句，"你从没交过女朋友！"

"胡说！"江淮又大叫。

"怎么了？"江浩瞪大了眼睛，一脸的迷茫困惑，"这也不对，那也不对，你要我怎么说？最好先教我，免得我到时说错话！"

江淮直直地望着江浩，看了好半天，看得江浩心里直发毛。终于，江淮又叹了口气。"老四，"他沮丧地、颓然地说，"我看，你暂时还是别见丹枫的好，你去找你的魔鬼天使吧！"

"大哥！"江浩怔怔地说，"到底是怎么回事？"

"你不懂，"江淮摇摇头，向门口走去，"丹枫……就是……就是那个女孩的妹妹！"

"大哥！"江浩叫，这次，轮到他的脸色发白了，他不信似的瞪着江淮。"天下的女人那么多，你怎么兜一个圈子，又兜到这个女人的妹妹身上来？我听大姐和妈说……"

"不许告诉妈！也不许告诉大姐、二姐！"他警告地盯着弟弟，"什么都不许说！也别相信大姐她们夸张的故事！真实情况根本不是那样！总之，什么都不许说！"

江浩的眼睛张得好大好大，他一瞬也不瞬地看着哥哥。好半天，兄弟二人就默然相对，谁也不说话。最后，还是江浩先开口，他悠悠地吐出一口长气来，低声说："我看，你才是被魔鬼附身了！"

"老四！"他哑声怒吼，"你不认识丹枫，少说话！她是世界上最可爱的女人！"

江浩转开了头，愕然地张大了嘴，在情急之下，大声地迸出了一句英文："God bless you！"

第八章

丹枫坐在她的书桌前面。

桌上的东西很多，有稿纸、文具、书本、笔记、字典、词谱、诗韵、信件……但是，这些东西都井井有条地码在桌面上，丝毫没有凌乱的感觉。屋内很静谧，晚风正轻叩着帘栊，发出如歌如诉的轻响。室内一灯荧然，丹枫深倚在那高背的转椅中，轻轻地、若有所思地转动着椅子，她整个人都笼罩在那昏黄的灯晕之下。

她正在看一封信，一封很久以前的信。这可能已经是她第一千次，一万次重读这封信，但，她仍然看得仔细。整个精神、意志和思想都沉浸在这封信里面：

亲爱的丹枫：

首先，我要恭喜你，你终于毕业了。许多年来，我和你姐姐，似乎都只有一个目标，就是等待你毕业的日子。我们曾经一而再，再而三地计划又计划，当你毕业那天，我们要远远地跑到太平洋岸，在海边的岩石上开一瓶香槟，隔海遥祝你的成功。我们要喝干我们的杯子，然后把杯子丢进海中，默祝它顺波漂流，能流到你的身边去。

丹枫，你不知道，我们说过多少梦想，计划过多少未来。在碧槐心里，你是她最最珍爱的，她总是负疚地对我说，为什么当初没有能力把你留下，而要你背井离乡，远赴异国？你每次来信，述说你的艰苦与寂寞时，碧槐捧信唏嘘，悲不自抑。我在旁边，常深恨不能分担你们姐妹的忧苦。常深恨自己力量的薄弱，也常恨命运的拨弄……但是，在这许许多多的遗憾中，都没有一种遗憾能弥补我现在写信给你的心情。我恨过自己很多做不到的事，或做错了的事，但，最最最最恨的，却是我无力回天！

无力回天！丹枫，你必须冷静，冷静地听我告诉你这件事情，你已经大学毕业，不再是个孩子，你深受过失父离乡的悲痛，你成长在患难中，应该比同年龄的女孩更成熟，更勇敢，更能面对真实。亲爱的丹枫，我必须很坦白地告诉你，你那亲爱的姐姐，早已经在半年前就去世了。

请原谅我隐瞒了半年之久，因为，我太了解碧槐，她绝不会愿意因她的死而影响你的学业。所以，我大胆地冒充碧槐，给你继续寄去支票，请你原谅我这样做。碧槐善良沉静，洁白无瑕，一生困苦，永无怨言。她像深谷幽兰，而竟天不假年！我也恨过天，我也怨过地，我也诅咒过普天下的神灵上帝。可是，死者已矣，丹枫，今天能够悼念她的，或者只有你我而已。你母亲的悲痛自不待言，但她毕竟另有丈夫子女。而我心中，几乎仅有碧槐，失去她，我等于失去了整个世界！丹枫，相信我，当她去世的时候，我的惨痛必定百倍于你的，我也曾痛不欲生，我也曾欲哭无泪……而现在，我仍然挺过去了。所以，丹枫，你也会挺过去的。帮我一个忙，帮你姐姐一个忙，千万节哀，千万珍重，为我，更为你那亲爱的姐姐！

碧槐死于去年十二月二十七日，刚过完耶诞节不久。她一直消瘦，却精神良好，我们都没料到她有心脏病，直到病情突然发作，送医已挽救不及。请你原谅我不愿详谈她死亡的经过，走笔至此，我已欲诉无言。前人说得好：死者已矣，生者何堪？丹枫，我虽从来没见过你，但是，不知怎的，在这一刻，我觉得，知我解我，唯你而已！

碧槐生前，酷爱诗词，闲来无事，她总喜欢读聂胜琼的句子："寻好梦，梦难成。有谁知我此时情，枕边泪共阶前雨，隔个窗儿滴到明。"未料到，曾几何时，这竟成为我生活的写照！

抱歉，我不该写这些句子，我原想得很好，我要写封信安慰你，鼓励你，谁知写着写着，这封信竟然变质！原谅我吧，原谅我情不自已。

我不知道今生有没有机会去英国？有没有机会见到你？或者，见到你时，我已白发如霜？无论有没有缘分相见，你在我心中，永远是个亲爱的小妹妹。只要有所需要，你一定要告诉我，就像告诉碧槐一样。我也有个小弟弟，他和我亲爱万分，我爱他就像碧槐爱你。所以，我深深能体会你们姐妹之情。丹枫，不要因为碧槐去世，就改变了你对我的友谊。请接受我做你的大哥，让我继续照顾你。

丹枫，我知道这封信对你有如晴天霹雳。不幸，人生常要面临各种意外。想开一点，生死有命，成败在天！我要重申前面的句子，为我，更为你那亲爱的姐姐，千祈节哀，千祈珍重！

纸短心长，书不尽意。请接受我最最深切的祝福

江淮　六月二十日深夜

丹枫对那信笺凝视着，深思着，一遍又一遍地细读着，她觉得自己已经可以把整封信都背诵出来了，却仍然不由自主地去捕捉着那些句子。终于，她把信笺平摊在膝上，抬头注视着桌上的台灯，那台灯有个纯白的灯罩，她就望着那灯罩发呆，直到门铃声音传来。

她跳了起来，甩甩头，长久地注视灯光使她的眼睛发花，她的神志还沉陷在那封信里。当门铃第二次响起，她才惊觉

地打开抽屉，把手里的信塞了进去。匆匆地对桌上扫了一眼，她再把那叠旧信笺完全塞进抽屉。整了整衣裳，掠了掠头发，她好整以暇地走到门边，打开了门。

江淮手里捧着一个包装精美的纸盒，大踏步地跨了进来。

"你在忙些什么？"他问，"我在门外等了半天。"

"什么都没有忙，"她笑了笑，"我只是坐在这儿出神。"

"找灵感吗？"他把盒子放在桌上，打量着她。她穿了件纯白的麻纱衬衫，白长裤，腰上绑了条彩色的丝巾。长发垂肩，飘然若仙，他不自禁地低叹一声，"你美得像梦！你飘逸得像一枝芦花！"握住了她的手腕，他把她拉进了怀里，找寻她的嘴唇。

她轻轻地推开了他，走到桌边去，望着那个纸盒问："这是什么东西？"

"一件礼物。"

"今天是什么节日吗？"她问。

"不一定要节日才需要送礼，是不是？"他说，笑嘻嘻地去解那包装的绳子。她站在一边，心不在焉地看着。他忽然抬起头来，警觉地盯着她。

"你有心事！"他说。

"没有！"她挣扎地说，勉强地笑了笑。

他把盒子推到一边，不再去解它。转过身子来，他正视着她，从她的头发一直看到她的脚尖。他的眼光深邃而敏锐，带着一种穿透似的热力，逗留在她的脸上。他的胳膊轻轻地环绕住她的腰，把她拉近了自己。他仔细地、深沉地审视着她的眼睛。

"什么事？"他低沉而有力地问。

"没事！"她固执地说着。

"别骗我。"他用手指抚摸她的眼角，"你的眼睛不会无缘无故湿的。"他的声音温柔而诚挚，温柔得让人无从抗拒："告诉我！"

她垂下了睫毛，把额头抵在他的肩上，轻声说："我想，我有点寂寞。"

"寂寞？"他不解地问，"白天我找过你，你一天都不在家。"

"并不是在家里才会寂寞，"她轻柔地说，"我出去游荡了一整天，在每个街角，每个橱窗，每个商店里……都看到寂寞。所以，我回到家里来。但是，家里也并不比外面好。"

"为什么不打电话给我？"

"你很忙，你不像我这样闲散，我不敢打扰你。"

"不敢打扰我？"他柔声问，"当你寂寞的时候，你却不敢打扰我？人生会有什么事，比你的寂寞对我更严重？"他抚摸她柔软的长发："我不好，丹枫，你原谅我，我不好。"

"你有什么不好？"她困惑地说。

"如果你觉得寂寞，一定是我不好。"他真挚地，诚恳地，温柔地说，"我居然填补不了你心里的空虚？我一定不好！"

"不要！"她抬起头来，仰望着他，她眼底的湿润在扩大，"你不许这样说，也不该这样说！你要了解，我在欧洲长大，这儿虽然是故乡，却非常陌生。偶尔，我也会想伦敦，想那儿的朋友，想西敏寺的钟声，想海德公园的露天画廊，街头的艺术家，想皇家的芭蕾舞，想那无数无数的剧院……那儿，毕竟是我生活了八年的地方！"

他用手捧着她的面颊，凝视她那深幽如梦的眼睛。"可怜的丹枫！"他怜惜地说，"你实在弄不清楚哪儿是你的家！"

她闪动着眼睑，潮湿的眼珠缓缓地转动。"不要让我影响你的情绪！"她说，"我要看看你带给了我什么礼物。"她想挣脱他。

"先不要看！"他没有放开她，"告诉我，你今晚在什么地方吃的晚餐？"

"我……"她转动眼珠，沉思着，"我……"

"你不会忘了吃吧？"他责备地说，"你曾经说过我，不该忘记吃饭，我看，你才经常忘记吃饭！"

"吃饭不是什么很重要的事。"她勉强地笑着，残余的寂寞仍然留在她的眉梢眼底。

"是吗？"他扬了扬眉毛，忽然放开她，转过身子，他在室内找寻。走到壁橱边，取出一件白色外套，他丢在她身上，简单明快地说，"走！我知道有家餐厅，有全世界最好的法国面包！虽然不是英国菜，总之是很欧洲很法国的，去吧！"

她接过大衣，迟疑地看着他。"其实，我并不饿！"她说。

"并不一定要饿才吃东西！"他拉着她就向门外走，"如果你很饿，去吃牛排和面包；如果你不太饿，去吃法国蜗牛；如果你完全不饿，去喝杯酒，吃那儿的法国情调！行了吗？走吧！"

他鼓起了她的兴致,她跟他走出了公寓。外面,四月的夜空仍然有着淡淡的凉意。天空中,月亮又圆又大,明亮地照射着大地。云层是稀薄的,几点寒星,挂在遥远的天边,在那儿疏疏落落地闪耀。

"怪不得古人说'月明星稀',"丹枫仰望着天空。"原来月亮又圆又大的晚上,星星就特别少。"

"你的观察力很强!"他说,"我从没看过比你更喜欢观察一切、研究一切的女孩子!"

"观察力很强吗?"她扫了他一眼,"不见得。最起码,直到如今,我还没有把你观察得很清楚。"

"什么意思?"他微蹙着眉。

"没有什么意思。"她很快地说,"你像一个海洋,深不见底,又包罗万象。你太丰富,不是三天两天就能观察清楚的。你听说过有人凭几个月的工夫,就研究清楚海洋吗?海洋学是一门很大的学问,穷一个人毕生的精力,也不见得研究得透,是不是?"

他在月光下看她,她的脸在星光月光灯光下,显得迷离深沉而变幻莫测。

"如果我是海洋,你倒像太空。"他说,"不知道到底哪一项的学问大?哪一项更难观察和研究?"

她低下头去,微笑不语。那笑容含蓄而略带忧愁,是难绘难描而又动人心魄的。

没多久,他们已经坐在那名叫"罗曼蒂"的西餐厅里了。这家餐厅确实很法国味,很有欧洲情调,而那松脆的面包,也是非常地道的"法国化"。他们坐在一个角落里,先叫了两杯红酒。丹枫一闻到那烤大蒜面包的香味,以及那炸牛排的味道,就宣称她"确实饿了"。于是,他们点了洋葱汤、牛排和蜗牛。

啜着红酒,丹枫四面张望着,她那"潜在"的"观察力"又在充分发挥。这儿的生意很好,中国人外国人都有。她的眼光在一桌一桌间扫过,端着酒杯,感慨地说:"在伦敦的时候,我绝想不到,台湾会这样现代化。这儿的牛排,甚至比英国还好。"

"最近两年来,我们经济繁荣得很快,"他说,"你在世界各地能有的生活享受,在这儿都可以享受到。而且,还不必受国外那种种族歧视。这就是我不愿意出国的原因,我的家族观念太重。"

"但是,你的两个妹妹都出国了。"

"嫁给留学生,那是不得已。"

"你弟弟呢?也会出国吗?"她问,眼光扫向对面一个角落。在酒吧旁边有一桌绅士,大约有四五个人,全是男性,其中有个戴金丝边眼镜的中年人,不住向她这边悄悄注视着。

"我弟弟?"江淮想着江浩,想着他的蜗居,他的蜜蜂攻势,他的林晓霜,和他的小雪球。"我不知道。他学了英国文学,这实在是一门很糟糕的科系,我想,他连中国文学都没念好,怎么弄得清楚英国文学?"他笑了起来,"念了快两年的大学,他会背的莎士比亚全是自己编出来的。有次教授考了一个题目,问他莎士比亚的某句名言有没有错误,为什么？他回答说：没有错误，因为拼音正确！这就是我的宝贝弟弟！聪明有余，而用功不足！"

丹枫忍不住笑了。"他那题考试得了多少分？"她关心地问。

"零分！"

"不公平，"丹枫啜着酒，面颊和嘴唇都被酒染红了，"正确答案应该是什么呢？"

"那句话根本不是莎士比亚说的，是狄更斯说的！而且，是狄更斯最有名的几句话！"

"哪几句话？"她笑着问。

"那是个光明的时代，也是个黑暗的时代……"

"《双城记》里的！"

"是呀！这么容易的题目，他会说是拼音正确！"

"答得也对！"她笑意盈盈，"你弟弟相当调皮！他叫什么名字？哦，叫江浩，你告诉过我。"她再望向墙角，那金丝边的眼镜客仍然在盯着她这边看。

洋葱汤送来了，她撒上了乳酪粉，用小匙搅着。

"你很爱你弟弟，是吗？他那么淘气，你谈起他来，还是一股欣赏的口气！"

"他是很淘气，但是淘气得很可爱！"

她凝视他，半晌，忽然叹了口气。

"怎么了？"他问，"干吗叹气？"

"我羡慕你们！有兄弟可以爱，多好！"

"你不爱你的弟妹们吗？"

笑容从她的唇边消失了。抬起头来，她正视着他，她的眼睛里布满了一份无奈的、恻然的凄凉。"我只爱我的姐姐，"她轻声说，"好爱好爱我的姐姐。至于我的弟妹，他们是些小洋鬼子，我这样说或者太过分了，但他们确实是些小洋鬼子。他们不会说中文，黄头发，蓝眼睛。有次，我那个大弟弟跟我吵架，他用脚踢着我骂：'你这个中国猪，给我滚出去！'我那懦弱的母亲，只用无可奈何的眼光看我。从那次以后，我就再也没有回到曼彻斯特去看母亲。我心里的母亲——"她低叹一声，"是碧槐！但是，她死了。"她低下头去，用手遮着额，有两滴水珠落在洋葱汤里。她的声音低得像耳语，"江淮，你不应该让她死！你真不应该！"

他伸出手去，盖在她的手上。

她慢慢地抬起头来，眼底的雾气消失了，又清亮有神了，她勉强地笑笑："对不起，我总是破坏气氛！"

牛排送来了，那香味扑鼻而来。她用餐巾遮着那四散的油烟，提着精神说："闻起来就够香的，我饿了。"

他紧握了一下她的手，收回手去，他注视着她，眼底充满了诉不尽的温柔和感情，他低沉而略带沙哑地说："为我多吃一点，丹枫。握你的手，就知道你有多瘦！为我多吃一点！"

"你怕我瘦？"她冲口而出，"怕我像姐姐那样忽然死去？怕我死后没有另一个妹妹来填空？"

"当"的一声，他手里的叉子落在盘子里。他瞪视着她，眼睛里迅速地涌进一抹难以描绘的惨痛和悲愤。他死死地，深深地，长长久久地瞪着她。呼吸沉重地鼓动了他的胸膛，他的眉头紧蹙了起来，眉心里有几道直直的刻痕。某种刺心的痛楚把他激怒了，使他苦恼了，使他悲切而难以忍耐了，他再也控制不住自己，他喘息地，低声地，压抑地，从喉咙深处迸出几句话："丹枫！你怎么说得出这样残忍的话？你一定要让我们痛苦吗？你决心不让我们快乐吗？假若如此，你早一点告诉我，我会知难而退！假若我们的感情，永远要在碧槐的阴影中挣扎，我宁可撤退！丹枫！你那么聪明，你何苦要折磨我？你……"

"江淮！"她喊，被自己所造成的局面所惊吓了。放下了刀叉，她紧张而苦恼地看着他。一时间，不知该如何是好。正好，那个戴金丝边眼镜的人走过来了，他显然认出了江淮，他笑嘻嘻地，大踏步而来。于是，丹枫伸手摇摇江淮的手腕，仓促地说："有个人认得你，他来跟你打招呼！"

江淮仍然紧盯着丹枫，半晌，才闷闷地回过头去。谁知，那戴眼镜的并不理江淮，却一直走向丹枫，笑吟吟的，讨好地弯下腰去，伸手要和她握手，一面说："哈！好久不见了！原来你没离开台北。我听到许多谣言，原来都是无稽之谈！刚刚我一直不敢认，你变了好多！怎么……"他僵了僵，错愕地睁大眼睛，"你不认得我了吗？你还给我取绰号，叫我'金边田鸡'。那次你过生日，我还给你凑了……"

江淮跳了起来，一把推开那个客人，脸色铁青，气势汹汹地嚷："先生，你认错人了！"

那人已有了几分酒意，被江淮这样用力一推，差点摔了一大跤，他跟跄着站稳，就卷袖子、露胳膊，哇哇大叫地吵开了："你怎么打人？你要打架呀？我也认得你，你这个小白脸，你以为你漂亮，你吃得开？要打架，咱们就打呀！我又不跟你说话，你这个王八蛋！你这个混蛋！你这个兔崽子……"

江淮一拳头就揍了出去，把那个人直打到酒吧边上，带翻了好几张桌子。整个餐厅里大乱起来，尖叫声，逃避声，侍者慌忙跑过来劝架，那一桌的人全过来了，个个都摩拳擦掌，要对江淮扑过来。那"金边田鸡"躺在地上直哼哼。眼看情况不妙，江淮丢了一沓钞票在餐桌上，拉着丹枫就逃出了那间餐厅。后面的人还在大声吆喝怒骂着。迎面冷风吹来，丹枫打了一个冷战，头脑才从那阵惊慌错乱中恢复过来。她愕然地问："这是怎么回事？"

"倒霉！"江淮愤愤地说，"碰到了一个酒鬼！真是出门不利，早知道，也别吃什么牛排了。"

丹枫默然不语，她在回忆着那个客人的神情，回忆他始终对自己这边注意的神态。江淮还在生气，在回家的路上，他闭紧了嘴，一句话也不说。她偷眼看他，他只是闷着头开车，脸色铁青，眉头紧锁，眼中阴鸷地发着光。她知道，他不仅在和那个酒鬼生气，也在和她生气，只为了她那句残忍的言语。他的沉默影响了她，她也闭紧嘴巴，默然不语了。

到了她的公寓门口，她找出钥匙来开门。他靠在门边，阴郁地望着她。她打开了门，忽然若有所悟地说："我知道了！那个人一定认识碧槐，他把我看成碧槐了。我们姐妹一向长得就像！你不该打他，你应该问问清楚！他可能是碧槐的朋友！"

"碧槐没有这一号朋友！"他武断地说，紧盯着她，没好气地问，"我们是不是一定要谈碧槐？"

"是的！"她也冒火了。她的眼睛里闪着火焰，面颊因激动而发红了，"她是我的姐姐，是你的爱人！如果你怕谈她，除非是你做过对不起她的事！"

他死死地盯了她几秒钟，然后，他转开头去，生硬地，冰冷地，僵直地说了句："再见！"

说完，他头也不回地，就对那楼梯直冲了下去。她靠在门上，只觉得心脏紧缩起来，她想说什么，想叫住他，想挽回，想追过去……但她什么都没做。目送他的影子消失在楼梯的转角处，她冲进了房间，砰然一声关上了房门。

一屋子的冷清在迎接着她，一屋子的寂寞在迎接着她，她慢吞吞地走到书桌前面，扶着桌子，她四肢乏力地坐进桌前的椅子中。忽然，她看到他带来的那个纸盒了，那个包装精美，拆了一半的"礼物"。她慢慢地伸手把盒子拉到面前来，机械地，下意识地拆开了那个盒子。于是，她看到了一对水晶玻璃做成的雁子，睡在一个水晶玻璃盘丝般盘成的巢里。那母雁子舒适地躺在窝中，公雁子却无限温存地用嘴帮她刷着羽毛。整件雕刻品玲珑剔透，在灯光的照射下闪闪发光。她望着这对雁子，望着望着，她觉得面颊上湿漉漉的。用手抹了抹面颊，她去收拾那些包装纸，却发现盒子里还有一张卡片，她拿起卡片，上面是首小诗：

问雁儿，你为何流浪？

问雁儿，你为何飞翔？

问雁儿，你可愿留下？

问雁儿，你可愿成双？

我想用柔情万丈，

为你筑爱的宫墙，

却怕这小小窝巢，

成不了你的天堂！

我想在你的身旁，

为你遮雨露风霜，

又怕你飘然远去，

让孤独笑我痴狂！

　　她读着读着读着，蓦然间，她把头趴在这卡片上，她哭了，泪珠迅速地化开了卡片上的字迹，变成了一片模糊。

第九章

丹枫仰卧在床上，头枕双手，目光毫无目标地望着窗子，心思飘忽，神魂不定。夜已经很深很深了，她却了无睡意。

在床头柜上，亮着一盏小小的台灯，灯罩是湖水色的，灯光也就显得特别幽柔。她定定地望着窗子，窗玻璃开着，晚风正从视窗吹入，把那白色的窗纱吹得飘飘然地晃动。她凝视那白纱，那轻微的飘动像浪花起伏，像白云涌动，像衣袂翩然……衣袂翩然……衣袂翩然……碧槐寄过这样的一张照片给她，她穿了件白纱的衣服，迎风而立，风鼓起了她的白纱，像一只白色的、振翅欲飞的大鸟。碧槐在照片下面，题了几行字：

> 便是有情当落月，
> 只应无伴送斜晖。
> 寄语东风休着力，不禁吹。

"寄语东风休着力，不禁吹！"她是指什么呢？她已自知命不久长？她已知自己弱不禁风？那么，"便是有情当落月，只应无伴送斜晖"又是什么意思？一个沉浸在热恋中的女郎，为什么要写"只应无伴送斜晖"？碧槐，碧槐，你去则去矣，为什么留下了这么多疑团？为什么去得这样不明不白？不清不楚？你走得甘愿吗？你睡得安稳吗？你对那个男人——江淮，到底是恨？是怨？还是爱之入骨呢？碧槐……她在心中喃喃呼唤，你救我吧！救我吧！我那亲爱的姐姐！虽然幽明两途，虽然海天遥隔，你仍然把我从海的彼岸招回来了。而今，你把我牵引到了一个梦中，你要我在这梦里何去何从？

她又想到今晚江淮在门口的离开，就这样走了，就这样愤愤然地走了！她应该不在乎，可是，为什么她的心一直隐隐发痛？她的神志一直昏昏沉沉？丹枫啊丹枫，她叫着自己的名字，你一直怕作茧自缚，你仍然作茧自缚了。

风大了。那白纱在风中飞舞。她继续盯着那白纱看，呆呆地盯着那白纱，怔怔地盯着那白纱……她的眼光模糊了，她的头脑昏沉了，她的神志越来越陷入了一种虚渺的梦幻似的境界里去了。然后，她似乎睡着了。

"丹枫！"她听到有个女性的、温柔的声音，在轻轻地呼唤着，细细地呼唤着，"丹枫！丹枫……"

"你是谁？"她模糊地问着，挣扎着。觉得自己在做梦。她竭力想从那梦中醒过来，又竭力想不要醒过来。

"看我！"那声音说，"丹枫，你不会认不出我啊，因为你长得那么像我!"

她定睛看去,于是,她看见了!碧槐正站在那儿,穿着一袭白纱的衣服,飘飘然,渺渺然,如虚如幻地站在窗口。她的脸色好白,眼珠好黑,一头乌黑的长发,也在风中飞舞着。她的唇边,带着一个好凄凉的微笑;她的眼底,充满了关注与怜惜。是的,这是碧槐,她长得和她一模一样!她向她走来,站在床前两尺的地方,静静地、悲凄地、苍凉地、爱怜地凝视着她。

"姐姐!"她叫,伸出手去,她想去拉她那如云如羽的白衣,但是,她碰不到她。焦灼使她懊恼,她急迫地低喊:"姐姐!真的是你吗?你来了吗?"

"是我!"碧槐低语,仍然离她似近似远,仍然飘飘然如真如幻,"丹枫,我来了,我要告诉你一件事,离开江淮!逃开他!逃得远远的!"

"姐姐!"她惊喊,"为什么?你爱他,不是吗?"

"爱就是毁灭!记住,丹枫,爱就是毁灭!"

"告诉我!清楚地告诉我,他毁灭了你吗?他怎样毁灭你?"

"他勒死了我!"碧槐的声音低如耳语,她的身子轻飘飘地向窗边隐去,"他勒死了我!用他的爱勒死了我!"她重复地说着,"丹枫,爱情不是游戏,你要用你的生命去赌博!"

"姐姐!"她急切地喊,眼见她的身形即将隐灭,她焦灼地大叫,"你怎么死的?姐姐?"

"我赌输了!"她凄然长叹,"我赌输了!"

"什么叫赌输了？你是什么意思？"

"丹枫，你也开始赌博了！注意，你不能像我一样，你不能赌输！丹枫，回英国去，回伦敦去！"

"姐姐，你要我走？"

"回英国去！回伦敦去！"碧槐重复着，悲戚地叮嘱着，"快走！还来得及！"

"姐姐，我是为你而来的！"她狂喊。

"那么，再为我而走吧！别去追那个谜底，放开江淮！放开他！"

"你叫我逃开他，还是放开他？"

"逃开他！也放开他！"

"如果我已经逃不开，也放不掉了呢？"

"丹——枫——"她呻吟着叫，身子迅速地往窗外隐去，一边隐退，一边凄然而歌：

灯尽歌慵。

斜月朦胧。

夜正寒、斗帐香浓。

梦回画角，云雨匆匆，

恨相逢，恨分散，恨情钟！

"姐姐！"她大叫，从床上直跳起来，整个人都惊醒了。她对窗前看去，一窗斜月一窗风，哪儿有碧槐？哪儿有白衣女郎？风正飘飘，纱正飘飘，一屋子的沉寂，一屋子的月色。

她才恍然自觉，一切都只是个梦！

为什么会做这样的梦呢？为什么？只因为"日有所思，而夜有所梦"吗？

她用手拂了拂头发，满头都是冷汗，四肢软软的，只觉得心跳急促，浑身一点力气都没有。她慢慢地摸索下床，慢慢地走到那敞开的窗前。寒风扑面而来，她衣衾单薄，不由自主地连打了两个寒噤，心里模糊地想起碧槐照片上的句子："便是有情当落月，只应无伴送斜晖。寄语东风休着力，不禁吹。"一时之间，竟心动神驰。抬起头来，月明如水。她倚窗而立，碧槐在梦中的一言一语一颦眉，都历历在目。她想着她的神情，回忆着她的谈话，尤其，是她最后的那句悲歌：

恨相逢，恨分散，恨情钟！

她回味着这歌中的意义，心里越来越凄苦，越来越恍惚，越来越迷惘，越来越痛楚。是耶？非耶？碧槐真的来过了？魂兮归来！她是不是念着她那苦恼的小妹妹，要给她一个当头棒喝！逃开他？放开他？回英国去！回伦敦去！情为何物？一场赌博！到头来，是"恨相逢，恨分散，恨情钟"！她心跳更速，呼吸急促，胸口像烧了一盆烈火，而浑身却冷汗涔涔。是的，回去！回去！回英国去！逃开他！放开他！离开他！她脑中一片呐喊之声，喊得她头痛欲裂。冲到酒柜边，她为自己倒了一大杯威士卡。

握着酒杯，她一连喝了好几口，胸中的烈火仍然在燃烧，她觉得燥热无比。把前后的窗子统统打开，迎着满屋子的风，她似乎凉爽了不少。干了杯中的酒，她再倒了一大杯，酒精刺激着她的神经，她反复想着"恨相逢，恨分散，恨情钟"的句子，真不知身之所系，魂之所在。她大口大口地饮着酒，泪珠不知不觉地溢出了眼眶，不知不觉地滴在杯子里。

电话铃突然响了起来。在这寂静的深夜里，那声音大得惊人，震得她耳鼓都疼痛了。她走到沙发边，坐进沙发里，拿起了电话。

"喂？"她一手握着电话，一手握着酒杯，神思恍惚地说，"你找谁？"

"丹枫！"江淮的声音立即传了过来，"我是不是吵醒了你？我没办法，我睡不着，我非给你打这个电话不可！丹枫，你在不在听？"

"我在听。"她把手腕支在沙发扶手上，把听筒压在耳朵上，她又喝了口酒，语音模糊，"我在听，你说吧！"

他似乎迟疑了一会儿。"你在做什么？"他问。

"我在听电话。"她回答。

他沉默了片刻。"丹枫！"他终于又开了口，"我打这个电话给你，特地向你道歉，对不起，丹枫，今晚我很失常，很没有风度，我表现恶劣！请你原谅我！"

"我会原谅你！"她慷慨地说，"我一定原谅你！反正，我要回英国去。"

"什么？"他惊呼着，"你说什么？"

"我要回英国去。"她清晰地、苦涩地说，喉头忽然哽住了，泪又冲进了眼眶。"我已经把一切都弄得乱七八糟了，所以，我明天就走！我会逃开你，我也会放掉你！我什么都不再追究，我回英国去。流浪的雁儿来自何方，去向何方，我不再烦扰你，明天就走……"

"丹枫！"他急喊，"你怎么了？你在说些什么？好吧！我马上过来看你！我们当面谈！你等我！我十分钟之内就过来！"

"不不！我不见你！"她说，泪痕狼藉。她无法控制自己的声音，喉中的硬块在扩大，她的声音呜咽而颤抖，"我不要见你，我放掉你！否则，就来不及了！我会害怕我找到的真实！我走，我明天就走……"

"丹枫！"他的声音里充满了焦灼和惊痛，他哑声地低吼，"你不要哭！我马上过来！"

"我根本没有哭，你这个傻瓜！"她说，可是，对方已经收了线。她举着那听筒，呆呆地望着，足足望了好几分钟，她才喃喃自语地，不知道叽咕些什么，把听筒挂回原位。

站起身来，她发现，酒杯已经空了。她走到酒柜边，再倒了一杯酒，折回到窗边，她倚窗而立，望着窗外的一轮明月发怔。半天半天，她对月举杯，喃喃地念："花间一壶酒，独酌无相亲。举杯邀明月，对影成三人。月既不解饮，影徒随我身。暂伴月将影，行乐须及春。我歌月徘徊，我舞影零乱……"

门铃声打破了她的背诵，她侧耳倾听，蹙起了眉头，她忘记了下面的句子。门铃更急更切地响了起来，叮咚叮咚叮咚叮咚……把夜给敲碎了。

她端着酒杯，微蹙着眉，走到门边去。打开了门，江淮立刻冲了进来。她后退两步，愕然地瞪着他，愕然地说："我叫你不要来！"

他关上房门，望着她。他的脸色苍白，眼睛里明显地写着惊惧和痛楚。她继续后退，他伸出手，一把抓住了她，因为她差点被沙发绊倒。她站稳了，闪着睫毛，看着他。

"你来做什么？"她问。

"丹枫！"他沉痛地喊了一声，皱紧了眉，四面张望，"你这屋里怎么冷得像冰窖一样？你为什么把所有的窗子都打开？你在干什么？喝醉了吗？"

"我没有醉，我只是热得很！"

他把她推到沙发边，按进了沙发里，她不由自主地坐了进去，仰靠在那儿，被动地坐着，被动地望着他。他取走了她手里的酒杯，她不动，任凭他拿去杯子。然后，他冲到每一扇窗子前面，去关上那些大开着的窗子。当他关到卧室床前那扇窗子时，她忍无可忍地叫了起来："别关它！让它开着！"

他回头看。"起风了。"他柔声说，"你会受凉！"

"不许关它！"她固执地喊，"碧槐刚刚来过！"

"你说什么？"他惊愕地问。

"碧槐刚刚来看过我，"她望着那窗子，做梦般地说，"她从这扇窗子里进来，穿了一件白纱一样的衣服，她要我回英国去，立即回去！她跟我讲了很多话，还对我唱了一支歌，里面有'恨相逢，恨分散，恨情钟'的句子，她唱着唱着，就从这窗子中飘走了。你不可以关这扇窗子,说不定她还会回来!"

他注视了她几秒钟。走过来,他把手压在她的额上,他的手又大又凉又舒适,她低叹了一声,合上眼睛。"我好累好累。"她低语。

他在她沙发前跪了下来,用手托住她的下巴,他用另一只手试探她脖子及后颈的热度,立即,他把她整个人拥进了怀里,把她的头压在自己的肩上,他的面颊贴着她的头发,他的声音沙哑地、心痛地在她耳畔响了起来:"你不是醉了,你是病了!你起码烧到三十九度!怪不得你忘了吃晚饭,怪不得你语无伦次!你每天在外面游荡,你不是铁打的,你病了!"

他把她从沙发上横抱起来,她无力地躺在那儿,双颊如火,双目盈盈。

"我没有病,"她清楚地说,"碧槐刚刚来过了。"

他把她抱到床边,放在床上。问:"你家里有阿司匹林吗?"

她冒火了。从床上一跃而起,她恼怒地说:"我没有病!我告诉你,碧槐刚刚来过了。"

他一把握住了她的双手,把她那双小手紧合在他的大手之中,他在床沿上坐了下来。苦恼地,悲痛地,不安地,而又忍耐地望着她。"好,"他咬咬牙,"显然你绝不肯放松这个题目。我们之间,从一开始,碧槐就在穿针引线,她始终在冥冥中导演一切。我明白了,我无法躲避她。那么,就让我们来谈谈碧槐吧！她今晚来过了？嗯？你见到她了？"

"是的！"她肯定地说，"她穿了件白纱的衣服，唱一支好凄凉的歌，她要我逃开你！"

"逃开我？为什么呢？"他耐心地，柔声地问。

"我不知道！你告诉我！你是危险的吗？你是可怕的吗？你的爱情会扼杀一个人的生命吗？你告诉我！"

他大大地震动了一下。瞪着她，他默然不语。

"你告诉我！"她大声吼叫了起来，"不要再骗我，不要对我花言巧语。碧槐是怎么死的？你说！你告诉我！心脏病？她真有心脏病吗？"

他面如死灰，眼珠黑黝黝地闪着光。他紧闭着嘴，脸上遍布着阴郁和矛盾。

"告诉我！"她更大声地叫，"说实话！她害的是什么鬼心脏病？什么医生给她诊断的？她怎会有心脏病？"

她那凌厉的眼神，她那咄咄逼人的语气，使他再也无从逃避了。他徒劳地挣扎着，挣扎在一份看不见的凄苦和无助里。终于，他哑声地开了口，声音古怪而沙哑："你什么时候开始怀疑的？"

"你不要管！"她继续吼着，"只告诉我，她是怎么死的？怎么死的？她从没有心脏病，她和我一样健康！她不可能死于心脏病！你还要继续欺骗我吗？你还不肯说实话吗？她是怎么死的？"

他注视着她，他的脸色更灰败了，他的眼睛更深邃了。他用舌尖湿润了一下嘴唇，然后，像是使出了全身的力气，他从嘴里迸出了几个字来："她是自杀的。"

她一下子失去了所有的力量，倒在枕头上，她听到自己的声音，突然变得又柔弱，又无力，又苍凉："那么，传言都是真的了？她确实死于自杀了？她——"她陡然又提高了声音，"为什么会自杀？"

他不语。

"为什么？"她厉声地、固执地问。

"还能为什么？"他的声音像来自深谷的回音，幽冷而遥远。"我们之间闹了一点小别扭，我不知道她的性情会那么烈，我们——吵了一架，她就吞了安眠药。等我发现的时候，已经——太晚了。"

"一点小别扭？"她问，唇边浮起了一个冷笑，"什么小别扭？例如——你另外有了女朋友？"

他再度一震。

"不！"他本能地抗拒着，像被射伤了的野兽，在做垂死的挣扎。"不，请你不要问了！丹枫，请你不要问了！已经过去了，你让它过去吧！"

"不行！"她从枕上抬起身子，半坐在床上，紧紧地盯着他，坚定地，有力地问，"我要你说出来，你们闹了什么别扭？有什么别扭会用生命来赌气？你说！你说！是什么别扭？是什么？"

他转开了头，不看。他的声音喑哑、低沉、激动。"好，我说！"他忽然横了心。豁出去地、被迫地、很快地说："为了一个女孩子，碧槐认为我移情别恋了！"

"那个女孩子呢？"她继续追问。

"嫁了！"他大声说，"嫁给别人了！你满意了吗？"

"满意？我当然满意！"她冷笑着，"原来那个女孩也不要你了！原来，你也一样失恋了？原来——负人者，人恒负之！"

他咬紧了牙，额上的青筋在跳动，他的呼吸急促，眼中布满了红丝。他不看她，他的眼光停留在那台灯上。灯光照耀之下，他的脸色像大理石，他的嘴唇毫无血色，他的眼珠黑而迷蒙，阴鸷而深沉。

她的手挣出了他那双大手，她用胳膊轻轻地挽住了他的脖子，她低声叹息，悠悠然地说："你何必瞒我？你何必欺骗我？如果你一上来就告诉我真相，也省得我在黑暗里兜圈子。"她轻轻地，柔柔地，把他往自己身边拉，低声而甜蜜地说，"过来！"

他被催眠似的转头看着她，她那发热的双颊红得像熟透的苹果，眼睛水汪汪地发着光，嘴唇因热度而干燥，却红得像新鲜的草莓。她眼里没有仇恨，没有责备，没有怨怼，只有一种类似惋惜的、感慨的情绪。他又惊又喜又悲，不相信似的说："你不恨我吗？"

"过来！"她低语，唇边浮起一个温婉的、凄然的微笑，把他拉向自己。

他俯下头去，感激得心脏都几乎停止了跳动。他刚接触到她那发热的嘴唇，她就支起身子，鼓起了浑身的力量，对着他的面颊，狠狠地抽去一个耳光。她咬牙切齿地，悲愤万状地，目眦尽裂地说："你欺骗了姐姐还不够，还要欺骗妹妹吗？你以为我也和碧槐一样，逃不过你的魔掌了？你玩弄我，就像你当初玩弄姐姐。你以为你是什么？你是翩翩公子，你是大众情人，你是瓦伦蒂诺！你，你，你……你瞒得我好苦！你……你这个——你这个——"她浑身颤抖，手冷如冰，气喘吁吁地挣扎着嚷，"你这个魔鬼！你这个流氓！你这个衣冠禽兽！"喊完，她再也支持不住，像是整个人都掉进了一锅沸油，又像是掉进一个无底的冰窖，在酷寒与酷热的双重压力下，她颓然地倒了下去，颓然地失去了知觉。

似乎经过了几百年，几千年那么长久；似乎火山爆发过又静止了，冰山破裂后又复原了。她忽而发热，忽而发冷地闹了好久，终于，她醒了过来。

睁开眼睛，她觉得自己额上压着一个冰袋，四周静悄悄的。扬起睫毛，她对室内望去，是下午还是黄昏，夕阳的光芒染红了窗子。她微微一动，觉得有人立即压住她额上的冰袋，使它不至于滑下去。她转过头，于是，她看到江淮正俯身望着她。他面容憔悴，满脸的胡子茬，似乎一下子老了好多。他的眼睛因无眠而充血，眼眶发黑，脸色青白不定。带着一种畏怯的、歉然的、退缩的、不安的神情，悄悄地注视着她，他唇边涌上一个勉强而凄苦的微笑。

"醒了？丹枫，你昏睡了一整天。我请医生给你看过了，你只是受了凉，又受了刺激。已经打过退烧针，你一直在发汗，我不敢离开。"他咬咬嘴唇，"我知道你恨我，也知道你并不想见到我。我想，我们之间，一切都完了。我不想为自己多说任何一句话，只请求你允许我照顾你，直到你病好了。以后，你愿意怎样都可以，我绝不会纠缠你；如果你想回英国，我会买好飞机票送你上飞机。我留在这儿，并不是不识相，只是，你病得昏昏沉沉，我实在不放心离开。"他卑屈地垂下眼睛："假若你现在要赶我走，我马上就走。但是，让我叫明慧来伺候你，好吗？方明慧是我的秘书，你见过的。"

她把头转向床里，他那卑屈忍辱的语气使她内心绞痛。她要他离开？还是要他留下？她感到头痛欲裂，而那不争气的泪珠，却偏偏要夺眶而出。她压制不住自己的呜咽，那泪珠成串地滚落在枕头上，迅速地打湿了枕套，她一语不发，开始忍声地啜泣。

"丹枫！"他凄楚地，委婉地低唤着，"请你别哭，求你别哭！"

更多的泪珠涌了出来，跌碎在枕头上。他掏出一条干净的大手帕，细心地拭去她眼角的泪痕，又扶正她额上的冰袋。她咬紧牙关，不使自己哭出声音来。那忍声的啜泣震动了他的五脏六腑，他一下子跪在她的床前，扶住了她那震颤的头颅。

"你到底要我怎样，你说吧！丹枫，求你不要这样折磨你自己。如果你想哭，你就痛痛快快地哭，如果你要骂我，你骂吧！随你怎么骂，你骂吧！"他喊着说。

她睁大眼睛，泪珠从她的眼角不断向下滑落，她望着他，透过那层泪雾，直直地望着他。那被泪水浸透的眸子又亮又大，她微张着嘴，那颤抖的嘴唇良久都发不出声音，好久好久，她才悲不自已地吐出一句话来："江淮，你看过那么多小说，你不会另编一个故事给我听吗？编一个不会伤害我的。"

他一下子把头扑进了她的棉被里，悲叹着说："我已经编坏了一个。"

她伸手抓紧了他那浓黑而蓬乱的头发，挣扎着说："请你给我一个理由，让我能够原谅你吧！"

他浑身掠过一阵痉挛。匍匐在那儿，他一动也不动。好半晌，他抬起头来，他那苍白的脸因激动而发红，眼睛因希冀而发光，声音因意外的希望而颤抖："我有一个理由，"他小心翼翼地说，"但是，不知道你能不能接受？"

"你说吧！"她含泪看他，一脸的悲苦和无助。

"我爱你！"他低沉而有力地说，脸孔完全涨红了，眼睛里充满了狼狈的热情和痛楚。

她仔细地看他，像在鉴定一个艺术品的真伪。

"你对几个女孩子讲过这三个字？"她幽幽地问。

他跳起身子，转过头去，他走向了视窗，站在窗前，他双手颤抖着点燃了一支烟，对窗外喷出一口浓浓的烟雾。立即，那烟雾就被窗外的暮色吞噬了。

室内好静好静，一时间，两个人都不想再讲话。丹枫闭上了眼睛，疲倦很快征服了她，她又蒙眬入睡了。

模糊中，有人给她盖好了棉被；模糊中，有人把冰袋换了新冰块，压在她的额上；模糊中，有人轻轻地、叹息地吻着她的额；模糊中，有人低语了一句："丹枫，接受这第二个故事吧，最起码，它比第三个还要好受些！"

她太倦了，她什么都抓不住，她睡着了。

第十章

江浩有好几天没有见到林晓霜了。

这天早上，他去上课以前，特地绕道到兰蕙新村去。这是新建好不久的一个社区，每栋房子都是独立式的小洋房，房子不大，属于那种"麻雀虽小，五脏俱全"的类型，每座房子的格式几乎都完全一样。有矮小齐腰的围墙和小小的院落。林家在第一排的倒数第二栋。

走到了林家的院子外面，江浩就一眼看到了晓霜的奶奶，她在树与树之间拉上了绳子，正在那儿晾衣服呢！那树却是修剪得如亭如伞的榕树，想当初，盖房子的人绝没想到这特地种植的树木会成为晒衣架。江浩对"奶奶"这个人物，一直有种好奇，她老而古板，一成不变地照她"旧社会"的方式生活，就拿晒衣服这件事来说吧，江淮就听过晓霜对她没好气地抗议过："奶奶，你看有几家人把衣服晒在树上？你不会把它晾到后院里去吗？"

"后院里晒不到太阳!"奶奶固执地、我行我素地、理所当然地说,"阴干了的衣服穿了会生病!"

于是,问题就这样解决了,榕树的命运注定了是晒衣架。奶奶有她的固执,她不肯用新东西,举凡洗衣机、烤箱、电热炉、冷气机……她都恨。唯一能接受的只有电视,她对电视永不厌倦,从闽南语剧到综艺节目,从歌唱到电视长片,她都看得津津有味。而她那对视力坏透了的眼睛,早已看什么都是模模糊糊了,眼镜能帮的忙似乎也很少。晓霜常问:"奶奶,你一天到晚开着电视,你看到了些什么?"

"噢,红红绿绿的真好看!"

"你听得清楚他们唱些什么吗?"

"听得清呀!"奶奶眉开眼笑地说,"他们唱'你弄我弄,土沙泥多,泥多搓,揉揉合……'他们做泥娃娃玩呢!"

晓霜笑弯了腰,私下对江浩说:"咱们家的奶奶,是个老宝贝!"

"你是个小宝贝!"他对晓霜说。

真的,晓霜在家中,不只是个"宝贝",还是个"女王"。江浩曾经观察过奶奶对晓霜的态度,似乎敬畏更超过了宠爱。晓霜和谁都没大没小,对这位奶奶也没什么敬意。而奶奶呢,仿佛晓霜说的话就是圣旨,她服她,惯她,爱她,为她做一切的事。奶奶不识字,爱吃甜食,爱耍耍小脾气,晓霜眉头一皱,奶奶就乖乖地溜回自己的屋里去。奶奶常怀念她在台中的老朋友,晓霜也陪她回去,一去就好几天不见踪影。江浩始终不明白,她们的老家既然在台中,为什么要搬到台北来。晓霜对这件事也讳莫如深。奶奶不回台中的日子，晓霜自由得很，她常常一失踪就好几天，不知道疯到什么地方去了。奶奶也不管她，听凭她爱怎样就怎样。江浩总觉得晓霜"自由"得过分，自由得连他这种酷爱"自由"的人都看不顺眼。最初，他对晓霜的"自由"和"行踪"都漠不关心，他知道他们并没有进展到可以彼此干涉"自由"的地步。但是，近来，他却发现，晓霜的"潇洒"和"自由"已严重地刺伤了他，他很难再对她的"行踪"保持冷静的旁观态度了。每当他一想到她不知道正流连在哪一个歌台舞榭中，和哪一个男孩子在大跳哈索，他就浑身的血液都翻滚起来了。他明知这种情绪对自己是个危险的信号，却身不由己地，一步步陷进这种情绪里去了。

　　他已经有五天没见到晓霜了。五天前，他和晓霜一起爬上了观音山的山顶，晓霜站在那山头上大唱"我现在要出征"，然后，她就不见了。不知道"出征"到哪儿去了？这是她的老花样，忽隐忽现，忽来忽往，飘忽得就像一缕轻烟，潇洒得就像一片浮云，自由得就像一只飞鸟，他曾听江淮说过，陶丹枫自比为一只大雁——不，晓霜不是大雁，她是只小小的云雀，善鸣、善歌、善舞、善飞翔、善失踪。

　　江浩站在院子外面了，隔着那做装饰用的镂花小矮墙，他望着里面，把书本放在墙头上。小雪球正在榕树下打瞌睡，听到江浩的声音，它立即竖起耳朵，回头对江浩喜悦地张望。江浩对它吹了声口哨，它马上就兴奋了，连滚带爬地冲了过来，它对着他大叫着，徒劳地想跳上墙头来。奶奶被这阵骚动惊动了，她回过头来，眯着眼睛，视线模糊地想看清来人是谁。

"奶奶！"他叫，"是我，我是江浩！"他知道奶奶在这段距离中，根本看不清他。

"刚好？"奶奶口齿不清地问，"什么东西刚好？"

看样子，奶奶的耳背已经不可救药了。他大叫着说："晓霜是不是还在睡？"

"你来收报费？"奶奶问。

江浩摇了摇头，抱起墙头的书本，他绕到院子的大门口，从上面伸手进去，打开了门闩，他走了进去。立刻，小雪球疯狂地摇着尾巴，疯狂地扑向了他，疯狂地叫着嚷着，往他身上跳着。他俯身抱起了小雪球，那小家伙立即又舔他的鼻子，又舔他的下巴，又舔他的面颊，又舔他的耳朵……闹得他一个手忙脚乱。他抱着雪球，走到奶奶面前，奶奶定睛一看，这才弄清楚了。

"是江浩啊？"她说，"你就说是江浩得了，怎么冒充收报费的呢？欺负我听不见看不清，你们这些孩子，没一个好东西！"

"我什么时候冒充收报费的？"江浩啼笑皆非，"我问晓霜是不是还在睡？"

"是呀！"老太太急忙点头，"是缺水呀！缺了好几天了，今天才来，你看，我把衣裳都集在一天洗！"

江浩把嘴巴凑在奶奶耳朵上，大吼了一句："我来找晓霜！"

奶奶被他吓了一大跳，一面避开身子，一面忙不迭地用手拍着耳朵，说："找晓霜就找晓霜，干吗这样吓唬人哩！你以为我听不见吗？吼得我耳朵都聋了。"

"好好，对不起！对不起！"江浩忍耐地说，"晓霜在什么地方？"

"晓霜呀？"奶奶惊愕地，"不是和你在一起吗？"

"和我在一起？"江浩怔了怔，"谁说的？我好几天都没见着她了。"

"不和你在一起，就是和别的男孩子在一起。"奶奶轻描淡写地说，满不在乎地，又去晾她的衣服。

江浩烦躁起来了。"奶奶！"他吼着，"晓霜几天没有回家了？"

"回家？"奶奶把衣服在绳子上拉开，用夹子夹着。"她就是不喜欢回家，一定又住到她台北的朋友家去了。"

"台北的朋友？什么朋友，男的还是女的？"

"什么烂的铝的？这夹子是新的，用塑胶做的，不会烂，也不会生锈。"

"奶奶！"他喊。

"啊？"老太太笑嘻嘻地。

"你是真听不见还是假听不见？"他怀疑地问，"你在和我装蒜，是不是？"

"你要算什么啊？"

"好了！"他生气地把小雪球往地上一放，转身就走。"我走了！晓霜回来，你告诉她，我找过她好几次，叫她别太神气！别太瞧不起人！叫她到我那儿去一趟！"

"喂喂！"老太太追在他后面喊，"你说些什么啊？你说得那么急，我听不清楚啊！慢慢来，慢慢来，年纪轻轻的，怎么火气那么大？谁欺侮你哩？气得脸红脖子粗的！你说，晓霜怎么哩？"

他站定了，望着那老太太，她满脸慈和，皱纹在额上和面颊上累累堆积，使他想起大树的"年轮"，每一条痕迹都是岁月，每一个皱纹都是沧桑。他怎能对个老眼昏花的老太太生气呢？只因为她听不清楚他的话？他笑了，对老太太温和地摇摇头。低下头去，他撕下了一页笔记纸，匆匆地写了几个字：

晓霜：

　　渴盼一见！

　　　　江浩

把纸条塞在老太太手里，他在她耳边大声说：

"交给晓霜！"

这次，老太太弄懂了，她笑逐颜开地点着头，细心地把纸条折叠起来，收进围裙的口袋中。对江浩说："你放心，她回来我就给她！"

"谢谢你！"江浩嚷着，抱着书本往学校冲去。今天准又要迟到，如果"当"掉了英国文学史，休想见"台北老哥"了！他撒开步子跑着，隐约中，却听到那老太太在他身后说了句："这么聪明的孩子，何必和晓霜混在一起。晓霜那丫头，谁知道她葫芦里卖的什么药？唉！"

他一怔，停下脚步，想回头去追问这句话的意思。但是，再一想，和这老太太要"谈清楚"一篇话，不知道要耗费多少时间跟精力，眼看上课时间已到，这问题，还是慢慢再想吧！他继续放开脚步，向学校冲去。

一整天，他在学校里都魂不守舍。不知怎的，老奶奶那两句话，总是萦绕在他脑海里，他甩不掉，也避不开。教授的讲解一个字也听不进去，他一直在想着晓霜，这个活泼伶俐、无拘无束的女孩！难道，她已经闯进了他的生命？难道，他已经无法摆脱开她了？不！他还不想认真，他还不想被捕捉。但，天哪！他却希望她是认真的，希望她已经被他捕捉！像吗？不。他在一种近乎凄苦的情怀里，体会出自己根本没有那个力量去捕捉一只善飞的云雀。

黄昏时，他回到自己的"蜗居"。才走进那条巷子，他就惊喜交集地发现，晓霜正呆呆地坐在他们门口的台阶上。她用手托着下巴，穿着件粉红衬衫和粉红的牛仔裤，一身粉红使她看来清新可喜，干净而明丽，但她就这样席地坐着，完全不管地上的灰尘和杂草。她用双手支在膝上，托着她那尖尖的小下巴，睁着那对又圆又大的眼睛，望着他走过来，她那一头蓬松凌乱的短发，在阳光的照射下发亮。

"嗨！"他跑了过来，"你什么时候来的？"

"来了好半天了！"她摇着膝盖，满不在乎地说。

"为什么不先打个电话来？要坐在这儿等？"

"我高兴等。"她扬扬下巴。

他的心因这句话而被喜悦填满了，他觉得整个人都兴奋而欢愉，从口袋里掏出钥匙来开门，他说："我帮你配一副钥匙，以后你来的时候就方便了！"

"我不要！"她简单明了地说。

"为什么？"

"万一你正和一个女孩子在这儿亲热，给我撞进来，大家都不好看。"

"怎么可能有这种事？"他伸脚踹开了房门。

"我就碰到过这种事！"她耸耸肩，毫不在意地说。走进屋来，熟悉地往地板上一坐，噏着嘴唇，她发出一声口哨，小雪球不知从什么地方钻了出来，一溜烟地从大门口滚了进来，直蹿到她怀里去。她把小雪球举起来，亲它的鼻子，亲它的耳朵，亲它毛茸茸的背脊。

他的心沉了沉。砰然一声关上门，他把书本摔在床上，从床底下拖出可乐箱子，开了一瓶可乐。

"你碰到过那种事？"他问，"是你被人撞见？还是你撞见别人？"

"两样都有。"

他转过头来，锐利地盯着她。"撒谎！"他说。

她注视他，微笑着摇摇头。"你很会自欺欺人。"她说，"难道你到今天还不明白，我是个品行相当恶劣的小太妹吗？"

他走近她，在她对面坐了下来。他仔细地审视她的脸，她立即低下头去，把面颊藏在小雪球的毛堆里。他伸出手去，强迫地托起她的下巴，注视着她的眼睛。"喂！"他说，"你今天怎么了？像是变了一个人！你瘦了，这些天你在干什么？"

"跳舞！"

"跳舞？"

"在阿龙家，阿龙的父母都出国度假了，他家里就是他称王。我们连跳了三天三夜的舞。呵，你绝不会相信我们疯成什么样子，我们不分昼夜地跳，累极了的人就躺在地毯上睡着了。醒了，就再跳！我们疯得员警都来抓我们了！噢，"她伸了个懒腰，"可把我累坏了。"

他望着她，她确有一副"累坏了"的样子。他心中隐隐作痛，在他那年轻的、火热的内心里，有块浮冰忽然不知从何处飘来，紧压在他的心脏上。

"你跳了三天三夜的舞？"他闷声问。

"唔"。

"三天以前呢？"

她盯着他。

"你是员警吗？你在拘捕不良少年吗？你在做笔录吗？我有什么理由要告诉你我的行踪？你又有什么权利盘问我？再说，我也不记得了！"

他心脏上的浮冰在扩大。

"很好，"他用鼻音说，"我没有权利问你，你也没有理由告诉我！算我多管闲事！"

她把小雪球放到地板上。歪过头去，她小心地打量他，她眼底流露出一股又担忧，又懊丧，又天真，又古怪的神情，一迭连声地说："糟糕！糟了！真的糟了！奶奶说对了！又闯祸了！又该搬家了！完蛋了！"

"你在说些什么鬼话？"他叫着，直问到她脸上去，"什么糟糕完蛋一大堆？奶奶跟你说了什么？你神经兮兮地叽咕些什么？"

她跪在地板上，和他坐着一样高，她用手扶着他的肩膀和他面对着面，眼睛对着眼睛，她古里古怪地望着他。她脸上有着真正的伤心和忧愁。

"你认真了！"她悲哀地说，"奶奶说对了！今天我一回家，奶奶就把我大骂了一顿，她说你认真了！"她皱起了眉头，又惶恐又懊丧地大喊，"你这个傻瓜！你怎么可以对我认真？怎么可以爱上我？我们说好只是玩玩的，不是吗？我们说好谁也不对谁认真，你怎么可以破坏约定？你怎么可以不守信用……你……"

"住口！"他大叫，脸涨红了。他一把握住了她的手腕，用力甩开她，把她直甩到墙角去。他乱七八糟地喊着，"谁说我认真了？谁说我爱上了你？你少做梦！你奶奶眼花耳聋，她懂个鬼！你放心，没有你，我死不了！你尽管跟别人去跳舞，去风流，去潇洒！我江浩生来就没有被女孩子捉住过！你……你……你也休想捉住我……"他忽然住了口，瞪着她。他的呼吸急促，他的脸色由红而转白了，他的胸腔在剧烈地起伏，他的鼻翼不平稳地翕动着。他凝视着她，深深地凝视着她。她那半带惊悸半含愁的眸子在他眼前放大……放大……放大……似乎整间屋子里就充满了这对眸子。他立即闭上了眼睛，用牙齿紧咬住嘴唇，用手蒙住了脸，他的手指插进了浓发之中。好半天，他这样坐着，一动也不动。直到小雪球好奇地走过来，用爪子拨了拨他的脚，又爬到他膝上去，用它那凉凉的小鼻头去嗅他的手臂。

他把手放下来了，直视着晓霜。她仍然缩在屋角，睁大了眼睛看着他。在她脸上，没有往日的飞扬浮躁，没有往日的神采奕奕，也没有往日的活泼刁钻……她忽然显得那么惶恐，那么无助，那么畏怯……她那惊慌失措的样子，几乎是可怜兮兮的。

"我输了！"他哑声说，"我投降了。晓霜，奶奶是对的，我瞒不过她，我也瞒不过你，我无法再自己骗自己，是的，晓霜，我……"

"不要说出来！"她尖叫。用双手紧紧地蒙住耳朵，"我不要听！我不要听！"

"你一定要听！"他陡然冒火了。扑过去，他把她的双手从耳朵上拉了下来，捉住了她的手，他盯着她的眼睛，语无伦次地、一口气喊了出来，"是的，我认真了！我爱上了你！我不许你在外面和人家三天三夜地跳舞！你使我快发疯了，快发狂了！我从没有对任何一个女孩子这样牵肠挂肚，你得意吧！你胜利了，你征服了我，你捉住了我！这些日子，我什么事都做不下去，什么书都念不下去，我只是想你，想你，想你，想你……"他一连串讲了十几个"想你"，越讲越响，越讲越激动，越讲喉咙越沙哑……她蓦然张开了手臂，把他的头紧紧地抱进了怀中。

"江浩！"她哑声说，用手揉着他的头发，"你错了！你没有弄清楚我是怎样的女孩子……"

"我弄清楚了，你是世界上最可爱的女孩子！"他任性地、稚气地说，"我根本不管别人怎么看你！"

"我被三个学校开除过。"她说。

他沉默片刻："那些学校不好，它们无法欣赏你的优点。"

"我连高中都没毕业。"

"我不在乎。"

"我吃过迷幻药。"

他一惊，握紧她的手腕："那对你的身体不好，我帮你戒掉！"

"我在台中闯过一个大祸，被迫只得搬家。"

"是什么？"

"有个男孩对我认真了。我也是事先跟他约好，彼此不认真的，他认真了——"她沉吟片刻，"我以前告诉过你一个故事，说有个女同学为一个男生自杀，那是假的，事实上，是这个男孩子为我自杀了。"

他的心往地底沉下去："那男孩死了吗？"

"死了。"

他打了个冷战，半晌，才挣扎地说："那是他自己不好，自杀是懦弱的行为，你不会爱一个弱者。他用死亡来威胁你，那是他不对。"

她低低地呻吟了一声："他不是威胁我，他是伤心而死，你懂吗？"

"不懂。"

"他抓到我和另外两个男孩子在床上。"

"什么？"

"我和另外两个男孩子，你知道我还住过少年感化院吗？我住了两年！"

他咬咬牙，从齿缝里吸气。完全不相信她所说的了。"或者，"他说，"你还生过私生子？贩过毒？杀过人？放过火？"

她跳起来，绝望地看着他："你不相信我说的，是不是？你不相信我是个坏女孩？你不相信我是个魔鬼！你不相信我会让你毁灭？你不相信我会带给你不幸？"

"你为什么那样怕你自己？你为什么那样怕爱与被爱？你为什么一定要自认是魔鬼？"他反问，咄咄逼人地。"好吧！就算你是魔鬼，我已经爱上你这个魔鬼了。你再告诉我几千件几万件你的魔鬼行为，都没有用了，魔鬼？"他沉思着，"你是魔鬼天使，我哥哥说的。"

"你哥哥？"她一怔，"他怎么知道我是魔鬼还是天使？我又不认识你哥哥！"

"你马上要认识了！"

"为什么？"

"我要带你去见他！"他捉住了她的手臂，诚挚地望着她的眼睛，"晓霜，请你不要逃开我！"

"傻瓜！"她粗声大叫，"请你逃开我！你懂吗？我不要带给你不幸！我不要伤害你！我不要让你痛苦！我不要谋杀你！如果你聪明一点，躲开我！你懂吗？躲得远远的！在我的魔鬼爪子露出来以前，你逃吧！"

"你吓不走我！"他抓住她的手，抚摸她那纤长白皙的手指，"你有双最美丽的小手，这双手不属于魔鬼，我看不到魔鬼爪子。世上只有一个女人是魔鬼，那女人害得我大哥沉沦苦海，多少年不得翻身，你——你的道行还不够深！"

她微蹙着眉，困惑地望着他。她的好奇心被引出来了，她忘记了自己是不是魔鬼的这回事。她沉吟地说："你常常提起你大哥，他到底有个什么故事？"

"你要听？"他问。

"是的。"她的眼睛闪亮了，充满了急迫的好奇。

"我可以讲给你听，但是有个条件。"

"什么条件？"

"你再也不许逃开我！再也不许不告而别！再也不许经常失踪！再也不许几天不露面！再也不许和别人跳三天三夜的舞……"

她跳起身子，抱着小雪球，往门口就走。

"免了！"她说，"把你的宝贝故事藏起来吧，我不听了！"她又开始原形毕露，把嘴唇凑在小雪球的耳边低低叽咕，"雪球雪球咱们走啦，让这个神经病去稀奇巴拉，猴子搬家……"

他一下子拦在她的面前，她那恢复了的活泼及天真使他心跳，使他兴奋，使他安慰，使他的人心像鼓满风的帆，被喜悦填满了。"我请你去吃海鲜！"他说。他动不动就要请人吃"海鲜"。

她看了他几秒钟，忽然眼睛发亮。"嗨！"她兴奋地说，"我们去找一艘渔船，带我们出海！我们买点东西到船上去吃，一面看渔夫捕鱼，一面吃东西；一面讲故事，一面欣赏月光下的大海！"

　　他立刻被她勾出的这幅图画给吸引住了，而且，他感染了她的兴奋和疯狂。"只怕渔船不肯……"

　　"我认得一个渔民，他一定肯！快走！他们傍晚出海，早上回来，再晚去就来不及了！"她握住了他的手，高兴地大叫着，"走呀！"

　　他望着她，她就是这样，一忽儿是阳光，一忽儿是狂风，一忽儿是暴雨！她多么疯狂，多么古怪。而他，却多么心折于这份疯狂与古怪呵！连她那些"似假似真"的"劣行"都无法在他心中驻足。甩甩头，甩掉所有的阴影，拉着她，他们就往海边跑去。

第十一章

渔船在海面滑行，一艘又一艘，不规则地、放射性地驶往了大海。一盏盏的小灯，点缀着海，点缀着夜，像无数的萤火虫，在闪烁着。马达的声音，单调地"波波波波"地响着，击碎了那寂静的夜，也填补了那寂静的夜。

江浩和晓霜坐在船头上，浴在那海风之中和星空之下。他们身边放了大批的食品，有卤蛋、鸡脚、豆腐干、面包、牛奶、三明治、椰子饼干、汽水……简直是一大箱。但是，晓霜什么都不吃，只在那儿猛啃鸡脚。啃完一只再啃一只，她啃得那么细心，脚爪上的一丝丝筋脉都会咬碎来吃。她的吃相并不雅观，每当手上油汁淋漓的时候，她就猛舔手指头，像小雪球一样。雪球伏在她的脚下，乖乖地，静静地吃着她丢给它的骨头。

江浩望着晓霜，她那津津有味的吃相使他又惊又喜，他总在一种崭新的喜悦里去发现她更多的东西。例如，她能接洽到这条船，那老渔夫几乎是毫不犹豫就接受了他们。他想，那渔夫是很熟悉晓霜的。他也想，晓霜绝不是第一次随渔船出海。那么，以前伴着她出海的那些男孩子是谁？这想法刺痛他，而在这隐隐的刺痛里，她晚上说的那些荒唐的言语就在他脑中回响：有个男孩为她自杀了，她和两个人在床上，她吃迷幻药，她被三个学校开除，她住了两年感化院……他凝视她，她那白皙的小脸在月光下显得又单纯，又洁净，又明朗，又稚气，她那闪烁着的眼睛像穹苍里的两颗寒星，明亮，深远而皎洁。不！她所说的一切，百分之九十九点九在撒谎。为什么？她在试探他？还是要吓走他？她怕爱情？她在逃避爱情？她被伤害过？还是伤害过别人？

她转头看了他一眼。

"你为什么一直盯着我看？"她问，"我要你出来看海，并不是看我！"

"你比海好看。"他说。

她瞟了他一眼，伸手拍拍身边的甲板，柔声说："你坐过来一点！"

他受宠若惊。绕过了绳圈、渔网、钩绊……和一些不知名的物品，他坐到她身边去。那块位置很小，他和她挤得紧紧的，他嗅得到她的发香和她身体上、衣服上所蒸发出的一种属于女性的、甜甜的、清清的、如蜜如糖的香味。这香味把船上的鱼腥味和汽油味全压下去了。他竟心猿意马、神思恍惚起来。

"看那天空！看那海洋！"她说，她的声音里忽然充满了某种庄严，某种热情。她的脸发光，眼睛明亮，像个宗教狂面对她所崇拜的神祇。"你看到那天空了吗？它黑得那样透彻，黑得看不见底，黑得像块大大的黑色天幕。可是，星星把它穿了孔，那些星星，它们闪呀闪的，似乎会说话，似乎要在这黑暗的神秘里去找寻一些东西。我常常坐在这儿，面对这些星星，只是问：你们在找寻什么？你们在找寻什么？就像我常问自己：晓霜，你在找寻什么？"

她的语气，她的神情，使他惊奇而感动，他伸出手去，不自禁地握住了她的手腕，她那细小的胳膊是瘦瘦的，软软的，凉凉的。他脱下自己的外衣，披在她的肩上。她不动，她的眼光像着魔似的看着那海水。她的短发在海风中飞舞，飘拂在额前和面颊上。

他顺着她的眼光往海面望去，海水辽阔而无边，几乎是静止的。在这样的暗夜里，你看不出浪潮也看不出波动。月光均匀地洒在海面上，呈现出无数像十字形的光纹。那海，竟像一大片磨亮了的金属品，光滑，细致。但是，哪儿有如此柔软的金属品，它柔软得像丝绒，在海风中细细柔柔地，难以觉察地起着皱纹。

她回头看他，发丝拂过了他的面颊。

"好美，是不是？"她问，把最后的一根鸡骨头丢给雪球，她用化妆纸擦干净了手指，擦干净了嘴唇，用双手抱着膝，低语着说，"有时候我想到海水里去捞星星，有时候我觉得海面的那些闪光，是星星摔碎了，跌进了海洋里。海洋是相容并收的，它吞噬一切，不管美的、好的，或是丑的、坏的……它吞噬一切。但是，在表面上，它永远美丽！噢，江浩，你不觉得海美得好可怕吗？当它发怒的时候，它挤碎船只，卷噬生命，撕裂帆樯……而平静的时候，它就像什么都没发生过。它就这样躺在那儿，温柔，优雅，带着诱人的魅力。哦，它是千变万化的，它是神秘的，它是令人着迷的！江浩！"她把下巴搁在膝头上，一瞬也不瞬地看着海洋："我崇拜它！我崇拜海洋，崇拜它的美，也崇拜它的残酷。"

他若有所悟地凝视她。"我懂了。"他说。

"懂什么了？"

"你就像个海洋，时而平静无波，时而怒潮汹涌；时而美丽温柔，时而又残酷任性。"

她的眼光闪了闪，像跌进海洋里的星星。"我残酷吗？"她问。

"相当残酷。"

"举例说明！"

"今晚，你说了许多许多事，你自己相信那些事吗？"他紧盯着她。

"那是真的！你不肯面对真实。"

"是我不肯面对真实，还是你不肯面对真实？"

"我的世界里没有真实，"她悲哀地说，"我活在一个虚伪的世界里！"

"哈！瞧！"他胜利地说，"你一直在自我矛盾，你一直在逃避什么。你忽悲忽喜，你变化莫测……"

"我是个神经病！"她接话道。

他伸手去拂弄她耳边的短发，用手指滑过她的面颊。

"你是个神经病，"他说，"一个又可爱又美丽的小神经病，一个小疯子！晓霜，"他深吸了一口气，冲口而出："老天作证，我快为你这个小疯子而发疯了！"

她迅速地转过头去望着大海，她的身子难以觉察地战栗了一下。忽然，她就转换了话题：

"你说，你要告诉我你哥哥的故事。"

"别煞风景，"他热情地说，"我现在不想谈我哥哥，那是个很残忍的故事！"

"你要谈，因为我想听，我对残忍的故事最有兴趣。"她垂着睫毛，望着船舷下的海水，那海水被船卷起一团白色的泡沫。她的手指碰到了一圈绳索，她把那潮湿的粗绳子拿起来卷弄着。

"说吧！"

"你一定要听？"

"并不一定，"她耸耸肩，"你哥哥的世界距离我很遥远。你真不想讲，就不要讲！或者，你还没有把这故事编完全，等你编好了再讲也一样。"

"你以为我和你一样，会捏造故事？"他有些恼怒，"我告诉你，我哥哥是个痴情种子，你信不信？"

"不信。"她简单地说，"世界上从没有痴情的男人！至于什么'痴情种子'这类的字眼，是小说里用的，真实的人生里，爱情往往是个残酷的游戏！"

"你最起码承认爱情游戏是残酷的吧？"

"这个我承认，因为我正在玩这个游戏，还害死过一个男孩子！"

他打了个冷战。

"真有那个男孩子吗？"他问。

"不说！不说！"她及时地喊，"我要听你的故事，并不想说我的故事！"

他握紧她的手。"等我说完这故事，你肯不肯认真地、真实地把你的故事说给我听？"

她迟疑了一会儿，"好。"她干脆地说。

"不撒谎？"

"不撒谎。"

她的允诺使他的心怦然一跳，使他振奋，也使他欢愉了。因为，这简单的"不撒谎"三个字里，最起码已经承认了一件事，那就是，她的故事是"撒谎"的。她显然没有发现自己泄露了的秘密，她正沉浸在她那份强烈的好奇里。看到江浩面有喜色，她惊奇地问："你那个'残酷'的故事很'有趣'吗？"

"不不！"他慌忙收拾起自己的喜色，整理着自己的思想。真要去叙述江淮的故事，却使他悲哀了，他的脸色沉重，眼光黯淡："那是个很悲惨的故事。"

"哦？"她坐正了身子，双手抱着膝，严肃地看着他，一脸的正经和关怀，"说吧！"

"我不知道该从何说起。"他坐到她对面去，靠在救生圈上，船身在起伏波动，他忽然觉得头有些晕，而喉中干燥。

开了一瓶可乐，他一面喝着，一面抬头看了看遥远的海面，在那黝黑而广阔的海面上，疏疏落落地散布着别的渔船，渔火把海洋点缀得像个幻境，不知怎的，这渔火，这海洋，这天空，这夜色……都带着抹怆恻的气氛，而他，很快就被这气氛包围了。"我和我大哥相差了十岁……"他开始述说，"换言之，当我大哥读大学一年级的时候，我才读小学三年级。所以，有关哥哥的这个故事，我并没有目睹，更没有参与。我所知道的，都是我两个姐姐和我父母谈起的时候，听到的一些零碎资料。尽管零碎，也可以让你知道，世界上有怎样无情的女人和怎样痴情的男人！"

她似乎震动了一下，用手拂了拂自己被海风吹得凌乱的头发，她低语着说："唔，开场白不坏，言归正传吧！"

"故事开始在我大哥读大学四年级的时候。那时，我们全家都住在台南，只有大哥一个人在台北读大学。最初，是他写信告诉我父母，他爱上了一个女孩子，一个在某大学读中文系的女孩子。他信里充满了那女孩的名字，说他爱那女孩如疯如狂。我父母认为这是正常现象，也认为大哥还小，爱情并不稳定，所以，大家常把这桩爱情当笑话来谈，抱着'走着瞧'的态度，谁对它都没有很在意。父母对哥哥唯一的要求只是要先立业再谈婚姻，因为我们家庭环境很苦，哥哥读大学的学费都是靠自己半工半读赚来的。"

晓霜把下巴放在膝盖上，扬着睫毛，定定地望着他，仔细地倾听着。

"大哥那时一定很忙，他要工作，要读书，还要恋爱。他写回家的信越来越少，全家也都不在意。后来，大哥毕业了，受完军训，他又到台北来工作。弄了一个小型的出版社，面对无数大出版公司，据说他工作得非常非常辛苦，苦得没有人能想象。他拉稿，他校对，他到工厂去排字，他发行；从印刷厂的小工到送货员，从编辑到校对，全是他一个人在做。你别看他现在拥有办公大楼，洋房汽车，数以百计的员工，当初，他确实是赤手空拳打下这个天下的。"

她闪动了一下睫毛，说："不要丢掉主题，那个女孩子呢?"

"你听我说呀。"他喝了一口可乐，把瓶子递给她，她就着瓶口，也喝了一大口，然后把瓶子放在脚边，"我们家是很穷的，好不容易巴望着大哥做了事，全家都期望大哥能汇点钱来养家。那时，大姐、二姐和我，三个人都还在读书，父亲赚的钱实在不够用。可是，大哥没有寄钱回家，他来信说，他虽然工作得像头牛，仍然入不敷出……"

"情有可原!"她插了句嘴。

他深深地看了她一眼。

"是的，我们也认为这是情有可原的，创业本就是件艰苦的工作。直到大姐高中毕业，到了台北，才拆穿了整个的谜底。"

她蠕动了一下身子，眼光灼灼然，光亮如星。

"我前面说过，哥哥说他爱上了一个女孩子，大学生，中文系。是的，哥哥确实爱上了一个女孩，但是，既非大学生，更去他的中文系! 他爱上一个蒙大的……"

"蒙大?"她不懂地皱起眉。

"蒙的卡罗大舞厅！这是术语，你不懂吗？国大就是国际大舞厅！黎大就是夜巴黎大舞厅！总之，哥哥是在恋爱，发疯一样地恋爱，发狂一样地恋爱，发痴一样地恋爱，对象却是个舞女！不，别说话！你以为我轻视舞女吗？我并不轻视舞女，洁身自爱的舞女，也大有人在。但是，听说，我哥哥爱上的这个舞女，却是个人尽可夫的拜金主义者，是个不折不扣的荡妇！"

晓霜的脚动了一下，碰翻了放在甲板上的汽水瓶，"哐当"一声，瓶子碎了，可乐流了一地。小雪球慌忙跳起来，莫名其妙地抖动着它被濡湿了的毛。晓霜俯下身子，把汽水瓶的碎片小心地拾起来，丢进大海中。江浩也弯着腰帮忙，这一场混乱打断了那个故事。好一刻，晓霜才坐回她的原位，抬头望着他，她的眼珠黝黑。月光下，她的脸色显得有些苍白。

"你用'听说'两个字，"她说，"证明你对这故事的可靠性并不肯定，所有听说的故事都是假的，都经过了添油加醋，甚至造谣生事。"

"我大姐不会造谣，她是个最老实的女人。何况，我二姐后来也到了台北，证实了这件事。这在我家是个惊天动地的大事情。只有我爸最冷静，他说大哥总有清醒的一天，对付这种事，只能见怪不怪，听其自然。"

"好吧，"晓霜甩了甩头，把额前的短发甩到脑后去，"你继续说吧！他爱上了一个——荡妇，然后呢？"

"你看过毛姆的《人生的枷锁》吗？"他忽然问。

"我知道那个故事。"

"同样一个故事，在我哥哥身上重演。据说，我哥哥白天发狂一样地工作，工作得几乎病倒，晚上，他就坐在那舞厅里，呆呆地看着那舞女转台子，跳舞，和别的男人勾肩搭背，甚至跟别的男人出去吃宵夜。我哥哥每晚每晚坐在那儿，像个傻瓜，像个疯子，像个痴人……从舞厅开门一直坐到舞厅打烊。日复一日，月复一月，年复一年，终于赢得了'火坑孝子'的雅号。所有的舞女都把他当笑话看，当笑话谈，当故事讲。我不知道我哥哥到底怎么挨过那些难堪的日子！但是，他忍受着，他什么都忍受着，把他辛辛苦苦赚的每一分钱，都'孝敬'给这个舞女。"

她深吸了口气，眼睛更深更黑更亮。"然后呢?"

"据说，这舞女是相当漂亮的，能把男人玩弄于股掌之间的女人一定都很漂亮。大姐说，这舞女在当舞女以前，确实对大哥动过真情。以后呢? 你知道，贫穷的大学生养不起奢华而虚荣的女人！那舞女进入舞厅后，就整个变了，她看不起大哥，她嘲笑他，当众侮辱他，叫他滚！说他是癞蛤蟆想吃天鹅肉……她用尽各种方法凌辱他。而我那可怜的大哥，却固执地守在舞厅的角落里，忍受各种折磨，忍受各种冷言冷语，忍受各种轻视，也忍受她和别的男人亲热。我曾听到我大姐痛心地告诉我母亲，说我大哥已经'失魂落魄'，她说，什么叫失魂落魄，她到那时才能体会！"

他停了停，夜很静，船停了。渔夫们正忙着撒网入水，那些大网在空中形成一个优美的弧度，就悄无声息地没入海水里。远处的天边，星星仍然在璀璨着，天幕仍然黑而苍茫。其他的船只散布在海面上，点点的渔火也像点点的星光。天上有星星，海面也有星星，彼此都闪烁着，像在互相呼应，也像在互相炫耀。

"你的故事很难成立，"终于，晓霜说，她的声音冷静而深邃。"你哥哥为什么要爱这样一个女人？照你这种说法，这女人几乎一无可取！"

"她是漂亮的！"

"你哥哥并不会肤浅到只喜欢漂亮女人吧？"她咄咄逼人地说，"再说，世界上漂亮的女人多得很。我想，比这个舞女漂亮的女人一定有，你哥哥总不是色情狂，只要漂亮就喜欢？"

"你完全错了，大哥这一生，大约只爱过这一次，最近，他又恋爱了，我认为这次是不完全的，只能算半次！"

"什么意思？"

"你听我说吧！我哥哥和那个舞女，前后纠缠达五年之久。据说，那舞女并不是完全不理我大哥，每次我大哥下决心要脱离她的时候，她又会主动地来找我大哥。有时，她会醉醺醺地对我大哥念诗念词……听说，她有非常好的国学根基，于是，我大哥就又昏了头……"

"你前后矛盾！"晓霜很快地说。

"怎么？"

"你一直说，是你大哥单方面在追那舞女，而那舞女凌辱他，欺侮他。现在，你又说你大哥不要理那舞女，而那舞女却勾引他，主动找他。到底他们两个，是谁在纠缠谁？谁在追谁？"

江浩被问住了。他注视着那一望无际的海洋，那天与海交接处的一片苍茫，呆呆地愣在那儿，用手托着下巴，他沉思良久。然后，他比较公正地、经过思想地说："我想，他们是彼此在纠缠彼此。人生常常是这样，会把自己陷进一种欲罢不能的境况里。那女人只要不是木头，她不可能不被大哥感动。我猜，在感情上，她可能偏向大哥，在虚荣上，她却拒绝大哥。穷小子永远填不满一颗虚荣的心。"

"后来呢？"晓霜问，"那舞女一定被什么大亨之类的人物金屋藏娇了？"

"你错了，那舞女死了。两年前，她死了！这是最好的结局，像我父亲说的，多行不义必自毙。死亡结束了这整个的故事，我大哥不必再去舞厅苦候，他把全部精力放在事业上，才会有今天的成就。"

"那舞女怎么死的？她很年轻，是不是？"

"听说，她喝醉了酒，半夜在路上逛，被车撞死的！"

她激灵灵地打了个冷战。

他惊觉地抬头看她，帮她把衣服拉好。海风很大，夜凉如水，他把她的手合在手中，她的手在微微颤抖。他不安地问："怎么？你冷了？我们到舱里去。"

"不要，"她很快地说，"我很好，我喜欢这海风，也喜欢这天空，我不要到舱里去。"她盯着他："你还没有说完故事。"

"说完了。"他叹口气，"就是这样，我大哥欠了那舞女一笔债，等她死了，债也还完了。"

"那么，你为什么说你大哥又开始恋爱了？而且只是半次恋爱？什么叫半次恋爱？"

他微微一凛。不安爬上了他的眉端，爬上了他的眼角，爬上了他整个面庞。

"希望不是那个舞女的魂又来了！"他懊丧地说，"你相信吗？在那个舞女死去两年以后，忽然有个女孩从海外飞来，自称是这个舞女的妹妹！我那被魔鬼附身的哥哥几乎在见她第一面时就又爱上了她！姐姐去了，妹妹来了！我哥哥欠她们陶家的债，似乎永远还不清……"

"这个妹妹爱你哥哥吗？"

"我怎么知道？大哥不许我见她，生怕我说话不小心，会伤害到她的姐姐。我想，我那个半疯狂的大哥，说不定会告诉那个妹妹，说她姐姐是个圣女！我大哥就做得出来，他能委曲求全到你想象不到的地步。他又恋爱了，你信任这种爱情吗？他爱的是现在这个女人，还是那个'舞女的妹妹'？所以，我说这只能算半次恋爱。我想，他不过是爱上了陶碧槐的影子。"

"陶——碧槐。"她喃喃地念。

"这是那舞女的名字，那个妹妹叫陶丹枫。"

她低下头去，忽然变得好安静，她在沉思，沉思了很久很久，然后，她抬起眼睛来，静静地看他。她眼里有种奇异的、高深莫测的光芒。月光闪耀在她脸上，也闪耀在她眼睛里。海浪拍击着船身，发出有节拍、有韵律的音响。这样的夜色里，这样的海洋上，人很容易变得脆弱，变得善感，变得自觉渺小，因为神秘的大自然天生有那么一种难解的忧郁，会不知不觉地把人给抓住。她眼底就浮起了那抹难解的忧郁，海洋把它奇特的美丽与神秘全传染给她，她对他注视良久，才低低地说："江浩，你为什么恨那姐妹两个？"

"我恨吗？"他惶惑地问。

"你恨的，你认为姐姐是魔鬼，妹妹是幽灵。同一个故事常会有不同的几面，假若那个姐姐不死，说不定她会告诉那个妹妹说，你哥哥是妖怪。"

"为什么？"

"不为什么，"她望着海洋，"我只是这样猜想。"

她不再说话，看着海，她的眼光迷迷蒙蒙，恍恍惚惚的。她的神思似乎飘浮进了一个不为人知的世界里。她把头半靠在船只上，慢慢地闭上了眼睛。他对她看去，她好像快睡着了。他坐到她身边去，伸手挽住了她，她的头一侧，就倒在他的肩上了。他挽着她的腰，怜惜地说："如果你想睡，就睡一睡吧！"

她发出一声呻吟似的低语："你今晚像个大人。"

他微笑了。

"这正是我想讲的话。你今晚才像个大人。"

"或者，"她含糊不清地、神思恍惚地说，"我们都在一夜之间，变成大人了。成长，往往就在不知不觉中来临。是不是？"她把头更深地倚在他肩窝里，不知所以地叹了口气。

"江浩，"她幽幽地说，"当了大人以后，你就要拿得起，放得下，禁得起挫折了。"

"我什么时候拿不起，放不下？禁不起挫折过？"他失笑地问。但是，她没有回答，她的呼吸均匀，软软地、热热地吹在他的颈项里。她大约睡着了。他用衣服把她盖好，把她的头挪到自己的膝上，这样一折腾，她又醒了。她惺忪地睁开眼睛，问："你说什么？"

他揽住她的头，心中一动。立即，他轻声地、把握机会地问："你今晚告诉我的那些话，是真的还是假的？"

"什么话？"她的眼睛又闭上了。

"有个男孩为你自杀了。"

"当然是假的。"她夸张地打了个哈欠，仿佛睡意深重，深得无心撒谎，也无心去捏造故事了，"没有人为我做那种傻事，真奇怪。"

"吃迷幻药呢？"

"假的。"

"被三个学校开除？"

"假的。"

"和两个男孩睡觉？"

"假的！"

"进感化院？"

她笑了，用手紧紧地环住他的腰，把面颊埋在他怀中。

"我到感化院去干什么？我虽然很坏很坏，与感化院还是绝缘的。江浩——"她拉长了声音。

"什么？"他柔声问，心里在唱着歌，一支十万人的大合唱，唱得惊天动地，唱得他心跳气促，唱得海天变色。唱得那星星在笑，月亮在笑，海浪在笑，渔火在笑。他自己，也忍不住在笑……

"江浩，"她呢哝地、喃喃地说，"我编那些故事给你听，为的是要吓走你。现在，我改变了主意，我不要你怀疑你自己的眼光，但是，请你——不要恨我。"

"恨你吗？因为你撒那些小谎吗？"他温柔而惊讶地说，"不，我不恨你——"他忽然觉得怀里湿湿的，他一惊，伸手摸她的脸，她满脸都是泪水。他吓了一跳，心中的合唱大队全吓跑了。"晓霜，你怎么？你哭了？为什么？我不恨你！我发誓！"他急切地喊，"真的，我发誓！"

"好，你发过誓了！"她说，把面颊躲在他怀中，闭上了眼睛，"我没哭，是露水。夜晚的海面都是露水。"她的声音好柔美好柔美。"我想睡了，别吵醒我！"

他用外套把她裹得紧紧的，抬头望着天空的星辰和明月，他胸中那十万人的合唱队又回来了，又开始高歌，开始奏乐了。远远的海面上，日出前的第一抹微曦，正像闪电般突然从海里冒出来，迅速地就扩散在整个天空里。

第十二章

　　"丹枫，"亚萍坐在咖啡馆那舒适的靠椅中，用小匙不住地搅着咖啡。她微皱着眉，满脸的不安和烦恼，用急促的语气说，"你不要再追问了，好不好？你瞧，你回来都半年多了，这半年多难道你始终在追查这件事吗？"

　　"是的。"丹枫斜靠在椅子中，隔着玻璃窗，望着窗外那初夏的阳光。玻璃窗上，垂吊着一排珠帘，她用手指下意识地摸索着这些珠子。"我告诉你，亚萍姐，我始终没有放弃去找这个谜底，可是，我现在已经走到一个迷魂阵里了，我没办法把所有的事拼拢来，像一块分散了的七巧板，我无法把它们拼完整。亚萍姐，你一定要帮我解决几个环扣。"

　　"我说过，我早已把知道的都告诉你了。"

　　"不，你并没有都告诉我！"

　　"或者，我知道的也并不完全，"亚萍逃避地说，"我后来和碧槐也没来往了，许多资料都是听来的，是同学间传说的。

你知道女人们在一起就是胡说八道，其中很可能都是揣测的故事。"

"这倒可能。"丹枫深思地说。

"你为什么不放弃？"亚萍紧追着问，"人都死了两年半了，你一直去追究谜底干什么？对你又有什么好处？"

"因为——"丹枫坐正了身子，正视着亚萍，她眼中流露出一种无奈的、真挚的、近乎求助的迷茫，"因为这件事对我越来越重要。"

"为什么？"

"我——我——"她吞吞吐吐地说，终于坦白地凝视着亚萍，"我爱上了那个男人！"

"谁？"亚萍惊跳了一下，面色陡然发白了。

"你已经猜到了！"她直视着她，清楚地说了出来，"江淮，那个大出版家，那个几乎做了我姐夫的人！"

亚萍像是忽然中了魔，她张大了眼睛，张大了嘴，愣愣地看着她，好半天都不说话。然后，她把小匙丢在盘子里，把咖啡杯推得远远的。她猛然间发作了，带着那女性善良的本性和正直的本能，她叫了起来："你昏了头了！丹枫，全台湾的男人数都数不清，任何一个你都可以爱，你为什么要去爱他？你的理智呢？你的头脑呢？你的思想呢？你怎可以去爱一个凶手？"

"凶手？"丹枫哑声叫，"你终于说出这两个字来了！凶手？那么，他真的是个凶手了！"

亚萍惊觉地住了嘴，她瞪大眼睛，被自己所用的字吓住了，丹枫也瞪大了眼睛，近乎恐惧地看着她。于是，好半天，她们两人就这样对视着。最后，亚萍先恢复了神志，她慢悠悠地抽了口气，颓丧地说：

"算了，算了！别谈了。我不应该用这两个字，这样说其实是不公平的，你姐姐是死于自杀，又非谋杀。我只觉得他虽不杀伯仁，伯仁却因他而死，他难逃其咎，如此而已。反正，时过境迁，或者这江淮真有可取之处，才令你们姐妹都为他倾倒。我不说了，我不要再中伤他！"

"亚萍，你要说，或者你还来得及救我！"

"救你？"

"是的，如果这男人真是可怕的，告诉我，让我能防他，让我逃开他！亚萍，你相信鬼魂吗？"

"怎么？"

"前不久，我梦到碧槐了。我知道那是个梦，但她栩栩如生地站在那儿，她叫我走，叫我回英国去，叫我逃开江淮！她一再叮嘱，一再重复……醒来时，我还觉得她站在那儿。我知道日有所思，夜有所梦。亚萍姐，你想，会不会冥冥中，真的有神有灵魂？会不会姐姐真的托梦叫我走？哦！"她沮丧地用手支住额，"我真的想走，只要我知道整个的谜底，我马上回英国去！"

亚萍怔怔地坐在那儿，怔怔地望着她。"我相信鬼魂的。"她被感动了，严肃地盯着她，"走吧！丹枫，听碧槐的话，回英国去！"

"那么，告诉我，"她脸色苍白，眼珠又黑又大，"你说江淮移情别恋，姐姐因此自杀。江淮爱的那个女人是谁？现在在哪里？"

"你真要知道？"

"真要知道。"

"听说，是个风尘女子。"

"哦？"她的眼睛睁得更大了，"什么风尘女子？叫什么名字？"

"好像是个舞女，我听安华说，那舞女有个很洋化的名字，叫做……"

"安华？"她打断了她。

"安华是我们同班同学，已经出国了。"亚萍望着她，"你是不是需要我们的同学录，去一个个追查呢？"

"不。亚萍姐，你不要生气。"她急急地说，"好吧，你刚刚说到，那舞女有个很洋化的名字……"

"是的，叫什么海伦？维姬？安娜？曼娜？不不，都不对，那名字虽然洋化，还蛮有味道的……对了，我想起来了，叫曼侬！你知道有部法国小说叫《曼侬·雷斯戈》？"

"我知道。"丹枫深深地颦着眉，眼光幽幽然地闪着抹奇异的光。"曼侬是个风流浪漫的女子，她美丽热情，充满浪漫情调，为金钱她可以不忠于爱情。但是，有个青年人，一个骑士，却为她毁掉家庭，毁掉名誉，毁掉一切去追随她。那是曾经轰动一时的、浪漫派的作品！"

"你对西洋文学比我还清楚，我只模糊记得有这么个书名，所以记住了那个舞女的名字。"亚萍说，"我想，江淮大概就是那个骑士，反正他迷上了曼侬，有人说，他成天流连于舞厅中，只为了追随曼侬。"

"我姐姐就因为曼侬自杀了？"丹枫问。

亚萍默然不语，她望着咖啡杯，欲言又止。

"你想说什么？"丹枫敏感地追问。

"你有没有收到碧槐的死亡证明书？"亚萍忽然问，"那上面应该有医生的签名，死亡原因也该写得很清楚！"

"江淮把它寄给了我母亲，"丹枫回忆着，"我看过那张纸，写的是'心脏衰竭'，或类似的名称。"

"是的，我们的医生都很有人情味，这样写不至于伤家属的心，何况，我猜想，江淮一定求过医生帮忙隐瞒这件事。"

"那个曼侬呢？"丹枫追问，"她还在台湾吗？还在舞厅里吗？"

"不。听说她嫁到新加坡去了。有个大富翁把她收作第五房姨太太。这是报应，江淮终于左右落空！丹枫，"她盯着她，"碧槐是对的，逃开她！逃开江淮！回英国去吧！在英国，你不难找到比江淮好一百倍的男人！你千万别糊涂，那江淮，对女孩子是很有一套的。听说，那曼侬对江淮也很倾心过呢！"

"当江淮在追曼侬的时候，我姐姐做什么去了？"丹枫紧追着问，"她为什么不把江淮看得死死的？"

"如果爱情需要用'看守'的方式，那也没什么意思了。"亚萍感慨地说，"别怪碧槐，我想，她已经尽了她的能力，她甚至于……"她忽然住了口，惊觉地张大了眼睛。

"甚至于什么?"丹枫追问,锐利地看着亚萍,"你还有什么瞒着我的事?"

"没有没有!"亚萍慌慌张张地说,抓起自己的皮包,想起身离去,"我该走了,天不早了。"

"坐下!"丹枫用手按住了她,"你不说清楚,休想走!亚萍姐,你知道我的固执,你还有瞒着我的事,你非告诉我不可!这对我太重要,你懂吗?这关系到我的去留,你懂吗?这关系我的一生,你懂吗?这关系好几个人的命运,你懂吗?"

亚萍一瞬也不瞬地注视着她,终于了解了她那种焦灼、急迫和无奈,也终于了解了事情的重要性。

"丹枫,"她沉吟地、困难地、艰涩地说,"我把这最后一件事也告诉你,或者,这并不是什么严重的事情,我希望告诉你不是个错误,这件事我从没告诉过别人。"

"你说吧!快说吧!"

"在碧槐死前两个月,我接到她一个电话,那时,我们的交情只在于偶尔通个电话。我想,那晚她有点反常,她可能刚和江淮吵过架,也可能喝醉了酒,因为她的声音里有哭音,话也说得很不清楚。她在电话里问我……问我当母亲的滋味如何?那时我刚生了老大,还请同学们喝过满月酒,你姐姐并没有来参加宴会。我告诉她,一个女人当了母亲,才是个完整的女人。于是,她哭了,她在电话里哭得很伤心,我问她怎么了?她说:'我也要做妈妈了,但我必须拿掉这个孩子,因为他的父亲不要他!'我吓了一跳,还想劝她,她就把电话挂断了。"

丹枫凝视着亚萍，这番话使她那么震动，震动得张大了嘴，震动得无话可说了。好半晌，亚萍拍了拍她的手。

"当一个女人决心要为一个男人生孩子的时候，她已经什么都不顾了。而一个男人，假若连自己的孩子都不要，他也就连人性都没有了。"

丹枫深深地抽了一口冷气。"那么，姐姐有没有拿掉那个孩子？"

"这就是我刚刚问你死亡证明书上怎么写的原因。"亚萍坦白地望着她，"因为，也有传言说，你姐姐并非死于自杀，而是由堕胎导致死亡！"

丹枫呻吟了一声，低下头去，把面颊整个埋进了手心里。亚萍看了她好一会儿，慢慢地站起身子，拿起自己的皮包，走到丹枫的身边，用手轻抚着她的肩膀，柔声地说："走吧！丹枫！那男人是邪恶的，是个魔鬼！如果你真梦到碧槐，一定是碧槐死不瞑目，她要警告你这一切！听碧槐的，走吧！回英国去！回伦敦去！你走的时候通知我，我会到机场去送你！"

丹枫坐着不动，也没抬起头来，于是，亚萍给了她紧紧的一握，转身走了。

丹枫仍然坐在那儿，坐了好久好久，坐到天都黑了，坐到咖啡馆的灯都亮了。坐到夜色深了，坐到客人由少而多，又由多而少了。她燃起了一支烟，叫了一杯酒，就这样以烟配酒，慢腾腾地喷着烟雾，慢腾腾地啜着酒。咖啡馆里有个小型的乐队，开始上来演奏，有个眉清目秀、像个学生般的歌手，在那儿唱着西洋歌曲。她倾听着，那歌手声音低沉而富有磁性，显然受过声乐的训练，他唱得很柔很美很动人。他正在唱一支老歌：《我真的不想知道》。他抑扬顿挫，颇有感情地唱着：

> 你曾投入过多少人的怀抱？
> 你曾使多少人倾倒？
> 有多少？有多少？有多少？
> 我真的不想知道！

　　她听着这支歌，不知怎的，她竟想起了《曼侬·雷斯戈》，看那本书已经很久了，故事也记不全了。但她仍有深刻的印象，那男主角对女主角之痴情、专注，已达不可思议的地步。也是"你曾投入过多少人的怀抱？你曾使多少人倾倒？有多少？有多少？有多少？我真的不想知道！"江淮会是那个男主角吗？江淮会是那个骑士吗？她沉思着，深深地沉思着。那歌手又换了另一支歌，也是支老歌：《大江东去》。她招手叫来了侍者，写了一张条子："你会唱《雁儿在林梢》吗？"
　　侍者把条子带给了那年轻人，未几，那年轻歌手对她微微颔首，开始唱：

> 雁儿在林梢，
> 眼前白云飘，
> 衔云衔不住，

筑巢筑不了，
雁儿雁儿不想飞，
白云深处多寂寥！

雁儿在林梢，
风动树枝小，
振翅要飞去，
水远山又高，
雁儿雁儿何处飞？
千山万水家渺渺！

雁儿在林梢，
月光林中照，
喜鹊与黄莺，
都已睡着了！
雁儿雁儿睡不着，
有梦无梦都烦恼！

　　她的眼前浮上了一层雾气，整个视线都模模糊糊了，她把头斜倚在窗玻璃上，用手指拨弄着那些珠子，听着那珠子与珠子互相撞击的音响，看着那珠子在灯光下折射出来的光芒。她的头昏昏然，心茫茫然，神志与思想都陷入一种半虚无的境界里。

　　有个人坐到她的对面来了，单身的女客太容易引人注意，何况她把寂寞与凄惶明显地背在背上，写在脸上，扛在肩上。她头也不回，就当他不存在，她继续拨弄着那些珠子。那个人也不说话，只招手叫了两杯咖啡，他把一杯热咖啡推在她的面前，把那还有小半杯威士卡的酒杯取走。然后，他燃上一支烟，那熟悉的香烟气息向她绕鼻而来。这些举动使她立刻知道了他是谁，半侧过头来，她从睫毛下面，冷幽幽地看着他。这个人，他是魔鬼吗？他是凶手吗？他是邪恶的吗？

"你怎么知道我在这儿？"她问。

"找了你好几天，什么地方都找遍了。"他说，声音很平静，像在说别人的事情。"午后，还开车去了一趟大里，以为你可能又去那个渔村了。我也看到那些渔民和岩石，也看到那些在网里挣扎的鱼。晚上，我去了每家餐厅、咖啡馆，后来，忽然想起这儿——心韵，以前你曾经约我来过一次，于是，我就来了。"他喷出一口烟，烟雾弥漫在他与她之间。"你为什么喜欢这家咖啡馆？"

"因为……"她慢腾腾地、冷漠地、不带一丝感情地说，"因为这儿离碧槐的坟墓很近。"

他惊跳了一下。

她紧盯着他，声音更冷了。

"这刺痛了你吗？"她问，"你永远怕听到碧槐两个字，好奇怪。一般人都会喜欢谈自己所爱的人。"她用小匙搅动咖啡，望着那咖啡被搅出来的回旋，不经心似的问，"碧槐生前喜欢花吗？"

"是的。"

"喜欢什么花？玫瑰？蔷薇？紫罗兰？丁香？"

他注视着她。"不，她喜欢蒲公英。"

"蒲公英？一种野生的小菊花吗？"

"是。她说玫瑰太浓艳，兰花太娇贵，丁香太脆弱，万寿菊太高傲……都不适合她，她常把自己比喻为蒲公英，长在墙角，自生自灭，不为人知。她说这话的时候，心情总是很黯淡，她一直很自卑。"

她停止了搅咖啡，用双手托着下巴，一瞬也不瞬地望着他。他迎视着她的目光，面容显得相当憔悴，他的眼神疲倦而担忧，他的神情忧郁而落寞。但是，他浑身上下都带着种正直的、高贵的气质，他不像个凶手，一点也不像个凶手，倒像一个等待宣判的囚犯——一个冤狱中的囚犯。冤狱？为什么她会想到这两个字呢？潜意识里，她已经在帮他洗脱罪嫌了？

"你躲了我好几天了！"他说，猛烈地抽着烟，他的手指微微颤抖着。"病才好，你就在外面到处乱跑！如果你不想见我，只要给我命令，我绝不去纠缠你。但是，请你不要这样不分昼夜地在外游荡，你使我非常非常担心。"他仔细地看她，"你又瘦又苍白！"

他的言语使她心跳，使她悸动，使她内心深处浮起一阵酸酸楚楚的柔情。仿佛有只无形的手，捏紧了她的心脏，使她的心跳不规则，使她的呼吸不稳定。这种"感觉"令她气恼，令她愤怒，她咬了咬牙：

"就算在外面乱跑，还是逃不开你！你干吗紧追着我不放？你能不能由我去？你能不能少管我？"

他垂下眼睛，似乎在努力克制自己某种激动的情绪，他的面容更忧郁了，眼神更落寞了，他很快地熄灭了烟蒂，简单地说："好，我走！"

"不许走！"她冲口而出。

他坐了回去，愕然地瞪着她。眼睛里有期盼，有迷惘，有焦灼，有惶恐，还有——爱情。那种浓浓的爱情，深深的爱情，切切的爱情。她在这对眼光下融化、瑟缩，而软弱了。她深吸了一口气，低低地、命令似的说："我要问你一句话，你要坦白告诉我！"

他点点头。

她用舌尖润了润嘴唇，她的喉咙干燥。

"曼侬是谁？"她哑声问。

他再度惊跳，像挨了一棍，他的脸色立即苍白如纸，他迅速地抬起眼睛，死死地盯着她。他的呼吸又急又重浊，他的眼神凌乱，他的声音颤抖。"谁告诉你这个名字的？"他问。

"你别管，你只告诉我，曼侬是谁？"

他蹙紧眉头，痛苦地闭上眼睛，他用手支住了额。"曼侬——是一个舞女。"

"你——爱过曼侬？"

他咬牙。"是的。"

"她一定不是个普通舞女了？她一定很有深度，很有灵气，很能吸引你？她是不是像曼侬·雷斯戈一样迷人和可爱？你直到现在还爱她，是吗？她喜欢什么花？绝不是玫瑰、兰花、丁香，或万寿菊？可不可能是……"

砰然一声，他在桌子上重重地捶了一拳，咖啡杯震落到地上，打碎了。他直跳了起来，带动了桌子，使另一杯咖啡也翻倒在桌上。一时间，一片乒乒乓乓的巨响，使整个咖啡馆都惊动了。那年轻的歌手正在唱一支《往日情怀》，吓得也住了嘴，侍者们全往这边望着，江淮对这一切都置之不理，他大声地、恼怒地、旁若无人地对丹枫大吼起来：

"住口！我对你受够了！我没有义务一次又一次地接受你的审判！我不会再回答你任何问题！随你怎么想，随你怎么评判！我什么都不会说了！你休想再从我嘴里套出一个字来！你认为我是凶手也罢，刽子手也罢，魔鬼也罢，我再也不辩白，不解释……"

"江淮！"她喊，阻止了他的咆哮和怒吼，"你要惊动所有的人吗？如果我们要吵架，最好是出去再吵！"

一句话提醒了江淮，他走到柜台去付了账，就埋着头冲出了咖啡馆。丹枫跟在他后面，走出了心韵，夜色已深，月明如水。丹枫望着他的背影，他的背脊挺直，浑身带着种难以描绘的高傲，这高傲的气质令她心折，这心折的感觉又令她恼怒，她咬咬牙说："江淮，你不用对我吼叫，也不用对我发脾气，因为我已经决定了。"

他蓦然收住了脚步，站在一盏街灯下面，回过头来，阴鸷地、惊愕地望着她，不稳定地问："你决定了什么？"

"我要离开你！在最短的期间内飞回英国去！"

他闷不开腔，死盯着她，似乎一时之间不能理解她在说些什么。

"你不用再烦恼，不用再担心。"她继续说，声音如空谷回音，幽冷而深远。她的眼光停在他的脸上，那眼光是迷蒙的，深沉的，难测的……里面还带着抹令人费解的恐惧和惊惶，"我不会再追问你任何事情了！也不会再审判你了！因为，我已经被吓住了，被许多事情吓住了，我没有勇气再去发掘！更没有勇气去面对可能找出来的真实！我是懦弱的，懦弱而渺小，我决心做一个逃兵！我放弃了！我逃开你！放开你！我要走得远远的！离开你的世界远远的！你放心了吧？你满意了吧？"

他注视着她，她站在街灯之下，灯光和月光淡淡地涂抹在她的脸上、手臂上和身上。她穿了件白色棉布的衣衫，宽袍大袖，衣袂翩翩。晚风掀起了她的衣袖，露出了她那瘦小而亭匀的胳臂。她那新病初愈后的憔悴和消瘦，更增添了她的妩媚与纤柔。真的，她美得像诗，美得像画，美得像片纤尘不染的白云。而那对迷蒙的、无助的、悲凄的眸子却使人心碎。他费力地和自己那复杂的情绪交战。

"对不起，丹枫，"他沙哑地说，"我找了你好几天，好不容易找到你，并不是要和你吵架……"

"我也不要和你吵架，"她说，语气肯定而坚决，"我决定了，我回英国去。"

他吸了口气，扶着街灯的柱子："不要轻易用'决定'两个字！"他低语，在热情的烧灼下显得有些昏乱和软弱。

"不是轻易，是考虑了很久之后才'决定'的！"她也低语。

"不要和我负气！"他的声音更低了。

"不是负气！是很理智的！"

他深深地望着她："不能更改了？"

她摇摇头。

他再吸了口气，忽然挺直身子，往自己停在路边的车子冲去，大声地说："好吧！看样子，我没力量留下一只流浪的雁子，你高兴继续你的流浪，我有什么话说？上车吧！"他命令地说："我先送你回去！"

她倒退了两步："我还不想回家，你走你的，我走我的！"

他一把捉住了她的手腕，凶暴地看着她。"你听不听话？"他恼怒地低吼，"你一定要再病一场才满意，是不是？你看你瘦成了什么样子？你苍白得像个鬼！你给我上车！"他打开车门，把她甩进了车中，再砰然一声关上车门，从另一扇门上了车，他发动了马达。"你给我回去好好地睡觉！你满脸的倦容，满脸的病容，一身的瘦骨头……"车子"呼"的一声向前冲去，他回头再看了她一眼。"老天！"他叫，"你给我滚回英国去吧！否则，我会被你凌迟处死！"

第十三章

　　江淮站在他的大办公室里，斜倚着窗子，望着窗外的车水马龙和那灿烂的阳光。他怔怔地发着呆，心情矛盾而神志昏乱，在这矛盾和昏乱中，他无法把握自己的思想，只觉得每根神经都像绷紧了的琴弦，马上就会断裂。每个细胞，都像吹胀了的气球，随时都会爆破。他用手拂拂额角，虽然只是五月，虽然办公室里已开了冷气，他仍然额汗涔涔。他在室内大踏步地踱着步子，完全定不下心来，桌上堆满了待办的公事，他却看都没有看一眼。他从房间的这一头走往那一头，不时望望电话机。他想打个电话，看看手表，才早上十点钟，应该让她多睡一下，等她睡够了，或者她肯好好地谈一次了。谈一次？他还能跟她谈什么呢？每次的谈话，一定是结束在争执和痛楚里！天哪，这种情况还要继续多久？继续多久？继续多久？

　　有人敲门，他本能地站定了脚步，方明慧推门而入，又

172

是满手的卷宗文稿，又是一连串笑容可掬的报告：

"编辑部问本月新书的计划你满不满意？发行部说那份发行调查表已经送给你两个月了，问你要不要放弃那些小地区？印刷厂说纸张涨价，新价目表在你桌上，你一定要看一下，决定是调整书价还是改用较次等的纸张？这个月要再版的书有十一本之多，是不是完全再版……"

"明慧！"他叹了口气说，"你把东西放在桌上，我等一会儿再看吧！"

"江先生，桌上已经积了一大摞了呢！你还是快快告诉我，我闪电一样记下来，马上交给他们去办，好不好？"方明慧笑嘻嘻地说，摊着记录本，"我们一条一条来讨论，好吗？"

"明慧，"他忍耐地蹙蹙眉，忽然冒火地说，"你叫各部门自己决定吧，总不能大事小事都来问我！"

方明慧扫了他一眼，笑容消失了，她悄然往门口退去，到了房门口，她又回过头来，大胆而直率地说："各部门做的决定你能信任吗？你信任，我就让他们去做，如果天下大乱，你可别发脾气！"

"好好，回来！回来！"他投降地说，"我们来把这些积压的公事处理掉吧！"

方明慧那圆圆的脸蛋上闪过一抹笑意，就飞快地折回到桌边来。刚刚把速记本摊好，桌上江淮的私人电话忽然响了起来，江淮像触了电，立即反身冲到桌边，一把抢起那电话，他才"喂"了一声，对方已传来丹枫的声音："江淮，我刚去航空公司买了飞机票……"

"什么？"他大吼，吼得整个屋子都震动了，吼得方明慧吓了好大一跳，速记本都落到地上去了。他对听筒急切地、焦灼地、语无伦次地嚷了起来："丹枫，你要冷静，你不能开玩笑，你听我说……你现在在哪里？我们当面谈！丹枫！你听我说，你不许挂断电话，你敢挂电话，我找你拼命！不，我不是威胁你，我只是急了，你听我说，丹枫——"他狂叫，"你买了什么时候的飞机？明天？你疯了！你——"对方已"喀啦"一声收了线。他对着听筒发呆，然后，摔下了电话，他转身抓起椅背上的西装外套，就要往屋外冲。方明慧长叹一声，站起来说："我看，这些公事还是过两天再办吧！"

江淮来不及对方明慧再交代什么，就径直地冲向门口，刚要开门，不料房门却从外面陡地打开，他差点和一个人撞了个满怀。他站稳脚步，才看清进来的竟是江浩！江浩直冲进来，满头大汗，衬衫被汗湿透，贴在身上，额前的头发也被汗湿透，濡湿地挂在那儿。他喘吁吁的，脸色青白不定，似乎发生了什么攸关生死的大事。江淮被他的神情吓住了，他愕然地问："老四！你怎么了？有流氓追你吗？你跟人打架了？你被学校开除了？"

"不是！不是！"江浩摇着头，倒在沙发里。

江淮心中一宽，就又记起自己那十万火急的事，他拍拍江浩的肩，仓促地说："我有件急事，非马上出去一下不可，你在这儿等我，我回来再跟你谈！"

江浩一反手，就抓住了江淮的手腕，他大声地、气急败坏地吼了起来："大哥，就是有天塌下来的事，你也不许走！

你要帮我解决问题，我完了！"

"你完了？怎么完了？"江淮又怔住了。

"我要跳楼了！"江浩忽然大声地、似乎在向全世界宣布一般地吼叫了出来，这一下，不止江淮，外面整个办公室都骚动了。那聪明可人的方明慧也吓得眼睛都直了。江淮一看情况不妙，他摸摸江浩的额，没热度，却有一头的冷汗，再仔细看他，他眼睛发直，脸色发青，呼吸短促，嘴唇发白……他及时地对方明慧说："明慧，去倒杯冰水来……"想想冰水没用，他又急急地吩咐，"我架子上有酒，先倒杯酒给我！"

方明慧飞快地跑到架子边，倒了一杯酒过来，江淮扶住江浩的头命令地说："先喝一口，你快要昏倒了。"

江浩啜了一大口酒，马上就又呛又咳起来。江淮对方明慧做了个眼色，方明慧立即识相地退出了房间，带上了房门。江淮把门锁上，折回到江浩身边来，他仔细地凝视着弟弟，把酒杯凑在他唇边："再喝一口！"

江浩又喝了一口，他长长地吐出一口气来，脸上才稍微恢复了一点人色。江淮耐心地坐在他对面，伸手拍拍他的膝，说："好了，老四，你闯了什么祸，告诉我吧！只要你不是杀人放火犯了罪，我总能给你解决的，说吧！"

"我没闯祸。"江浩有气无力地说，"什么祸都没闯。"

"那么，到底是怎么回事？"

"是晓霜……"他闭上眼睛，"晓霜……"

"晓霜出事了？"他追问，"她干了什么坏事？还是你和她……"

"不是！不是！"江浩大嚷，他无法控制自己，"你不要乱猜！我和晓霜什么事都没做过！"

"那么，你说呀，到底是什么？"江淮不耐地问，他又在想丹枫，丹枫和她的飞机票。

"晓霜走了！"江浩说，呻吟着，"她走了！一声也不响地走了！"

"走了？"江淮不解地问，"走到什么地方去了？"

"我就是不知道她走到什么地方去了！"江浩又大叫起来，额上的青筋跳动着。"如果我知道，也不来找你了！我早就追了去了！"

"好了，老四！"江淮叹口气，摇摇头，了解地说，"我懂了，你和晓霜吵了架，闹了别扭，她就来个不告而别，是吗？老四，你太嫩了，这是女孩子一贯的花招，你实在犯不着急成这个样子。倒是由于你的着急，使我觉得事态严重，你说过你不认真，甚至说我没有认识晓霜的必要。但是，现在看来，你不但认了真，而且，认真得一塌糊涂……"

"大哥！"江浩懊恼地喊，"你能不能让我把事情说清楚？你能不能等一会儿再研究我的认真问题？"

"你说呀！"

"晓霜失踪了！"

江淮站起身来，去给自己倒了一杯酒。

"你已经说过了！"他耐心地说，瞅了一眼电话机，不知道现在丹枫在什么地方？

"我说过了，但是你根本没懂。晓霜忽然不见了，不止她不见了，奶奶也不见了，小雪球也不见了！一夜之间，她家就搬了个干干净净。原来，那些家具都是房东的，电视、冰箱……什么都是房东的。她们前天就退了租，今天，就整个都不见了！"

"什么？"江淮的注意力集中了，"你说，她们全家都搬走了？"

"是呀！所谓全家，也只有晓霜和奶奶两个人，小雪球不能算人！她们忽然就不见了，左右邻居，没有一个知道她们去了哪里！"

江淮盯着江浩。"你最后一次见她是什么时候？"

"前天早上，我们从渔船上下来……"

"渔船？"江淮一愣。

"是的，渔船，我们跟着渔船出海，坐在船头上看星星，看月亮，看海水，看渔火。她还一直有说有笑的，她喜欢看渔夫捕鱼，她喜欢海，我们谈了好多好多……后来她哭了，她叫我不要恨她，我为什么要恨她？……天哪！"他忽然把头埋进手心里，惊呼着说，"她那时已存心要离开我了！她知道她要离开我了！而我却像个傻瓜！可是，为什么？"他跳起来，用脚踹沙发，踹墙角，踹桌子。嘴里大叫大嚷着："为什么？我没有得罪她！我没有欺侮她！我没有做错任何一件事！我从没有这样真心要讨一个女孩子好！如果她要月亮，我也会跑到天空中去帮她摘！她为什么要躲开我？为什么要连家都搬走？她……"

"老四！"江淮哑声叫，神色凝重而眼光凌厉，他的声音里有股莫大的力量，使江浩的激动不知不觉地平静了不少。"你不要满屋子乱跳，先坐下来！"

江浩身不由己地坐了下去，神经质地啃着自己的手指甲，又神经质地扯着自己的头发。

"我从没有仔细听你描述过晓霜，告诉我，"江淮的声音更低更沉，却含着莫大的恐惧与心惊，"她是什么样子？她多少岁？她穿什么样的衣服？她从什么地方来的？"

"她……她当然很漂亮！"江浩烦躁地说，"你不必管她的样子……"

"我要管！"江淮严肃地说，"告诉我！"

"她有张瓜子脸，大眼睛，尖下巴……"江浩不耐烦地说着，"满头乱七八糟的短发，永远穿毛衣或衬衫，永远穿牛仔裤和靴子。她自己说她有十九岁，我看她顶多十七岁！她很淘气，爱笑爱闹爱疯，她喜欢撒谎，可是总撒不圆。她喜欢唱歌，没有一支歌记得牢歌词，自己就胡编乱凑一通！她是从台中搬来的，为什么搬来我不知道。她还有自言自语的毛病，每次对着小雪球的耳朵说悄悄话，什么稀奇巴拉，猴子搬家之类……"

"够了。"江淮做了个阻止的手势。他的脸色松弛了，似乎从一个什么大恐惧中解脱出来，他的精神振作了一下，眼光又奕奕有神了。"不用再说下去，"他说，"她们搬走了，很可能是因为台中的老家忽然发生了什么事故。我觉得，你大可不必这么惊慌，说不定明后天，你就会收到她的信，或者得到她的消息……"

"我看，你自始至终没弄清楚我的意思！"江浩又吼了起来，脸上一阵红一阵白，呼吸紧张而急促。"她走了！你懂吗？"他大叫着，"她不要再见到我了，你懂吗？"

"我不懂，"江淮困惑地说，"何以见得？"

"看看这个！"江浩从口袋里掏出一张纸条来，递给江淮，"这是今天早上，我在我的信箱里找到的！"

江淮接过了那张纸条，打开来，那是张普通的白信笺。江淮的目光一接触到信纸上那飘逸的字迹，他的心就怦然一跳，整个人都像沉进了冰窖。迅速地、贪婪地、急切地，他几乎是吞咽着，迫不及待地去读那内容：

江浩：

　　我走了。你永远见不到我了，因为，我准备从这个星球里隐灭，到别的星球里去再生。如果，我还能"再生"的话。

　　你已经亲口对我发过誓，你不会恨我，那么，请你原谅我吧！原谅我对你开了一个大大的玩笑。江浩，听我一句话，我并非你想象中那个单纯快乐的小女孩，我是一只木叶蝶，身上早就布满了保护色。不，我还不只是只木叶蝶，我还是一片毛毡苔。你知道什么是毛毡苔吗？那是种颜色艳丽的植物，它有美丽的、针状的触须，盛开时，是一簇焰火般的花球。但是，它每个触须都是有毒的，只要昆虫被诱惑而沾上它，它立即就把它吃掉。江浩，你知道吗？我就是这样的一个花球，危险、邪恶而可怕。你别被我的外表所诱惑，我的外表是假的，是虚伪的。你差一点成为毛毡苔的捕获物。

从一开始，我就叫你不要对我认真，我想，我的天良未泯。你是个又善良又优秀的青年，比我预料的要好一百倍。像你这样的青年，该找到你最理想的伴侣。那绝不是我！因为，你从没有真正认识过我！你爱上的只是虚无的影子，一个空中楼阁中的人物，一只有保护色的木叶蝶！

江浩，你还年轻，在你这样的年龄，一切哀愁都容易随时间淡忘。如果我曾留给你任何哀愁，希望它会像一片浮云般飘去。我走了，江浩，请你最起码相信一件事，我的离去，是救你而非害你，是怜你而非恨你！

最后，我要请求你一件事，请你当作从没有认识过林晓霜，当作这只是你的一个梦，一个荒谬的梦，梦醒了，世界和原来的都一样，只是没有了林晓霜！对于完全不存在的事物，你根本不必悲哀的，是不是？我会走得很远很远，你这一生，再也见不到我了。谢谢你曾帮我捕捉过欢乐，谢谢你曾提醒我青春。我不会忘记你，和你那好可爱好可爱的"蜗居"。希望没有多久，会有另一个女孩，和你共用蜗居里的东西，和床底的可乐。

我走了。祝福你，深深深深地祝福你！我的年
轻的"小"朋友！

　　祝幸福

　　　　　　从没有存在过的晓霜

　　江淮一口气读完了这张纸条，他的脸色已经比那张纸还
要白了。他的心脏几乎停止了跳动，有好一刻，他连思想的
能力都消失了。然后，他就整个人都被一种近乎恐惧的愤怒
所攫住了，在这愤怒的底层，还有那么千分之一、万分之一
的希冀，不，这事是假的，这事太不可能！这事太荒谬！太
荒谬！他握紧了那纸条，他的手颤抖，他的头发昏，他的
眼睛前面，全是金星在迸现。但是，这笔迹，这文字，这词
汇……都那么熟悉！熟悉得可怕！居然是她？居然是她！这
怎么可能？她为什么要这样做？她怎能同时幻化为两个人？
不，他模糊地思索，她经常失踪，她行踪诡秘，原来如此！
她来做什么？为什么？是了！报复！这两个字在他脑中闪过，
他的血液就顿时凝结成了冰块。他咬紧嘴唇，倒抽了一口冷
气，忽然间，他跳起身子，直冲到柜子前面，在稿件柜里翻
出了那本《黑天使》的原稿，他多此一举地核对着那笔迹。
然后，他呻吟着，整个人就瘫痪地坐倒在地毯上，用双手紧
紧地抱住了头。没有怀疑了，一切都那么明显！那么令人心
胆俱裂！好一个林晓霜，好一个不存在的林晓霜，来自伦敦
的林晓霜，学了四年戏剧的林晓霜！

　　江浩扑了过来，兴奋燃亮了他的眼睛，他整个脸孔都发

起光来。

"大哥！你认识晓霜？你知道晓霜？"他伸手去拿那本《黑天使》。"她帮你写过稿？她是个作家？她居然会写作？这简直是——奇迹！她——"

江淮劈手夺过了那本《黑天使》，他把它锁进稿件柜里。回过头来，他望着江浩，他的脸色惨白，眼光狞恶，整个脸上的肌肉都扭曲而变了形，他凶暴地、粗鲁地、沙哑地、战栗地问："老四，你爱上了这个林晓霜？"

"大哥，"江浩被他的神色吓住了，"我不该爱晓霜吗？你怎么了？"

"我问你爱还是不爱？"江淮大声问。

"当然爱！"江浩冲口而出。

"如果失去她，你会怎样？"

"失去她？"江浩茫然失措，一把握住了江淮的手腕，急切地说："不，我不会失去她，是不是？大哥，你无所不能，你认得她，你会帮我找回她，是不是？"

"如果世界上根本没有林晓霜这个人呢？"江淮厉声问，"如果这只是你的幻觉呢？"

江浩忽然崩溃了，他跳起来，用手抱住了头，满屋子乱踢乱蹿，他踢桌子，踢椅子，踢柜子，踢台灯，踢沙发……踢一切踢得到的东西。他一面踢，一面咆哮地、悲愤地叫着："为什么你们都说没有这个人？难道我这几个月发了神经病？我和她在一起笑过，闹过，玩过，跳过舞，钓过鱼，唱过歌。我抱过她，吻过她……难道这一切都不存在？难道这一切都是幻觉?"

"你抱过她?吻过她?"江淮的声音凄厉,如野兽的哀鸣。

"是呀!"江浩疯狂般地喊着,"我和她坐在船头上看渔火,那还只是两天前的事!她躺在我怀里睡着了,我用外套裹着她,直到现在,我还能感到她在我怀中的体温。而你居然说没有这个人!"他捧着头狂喊:"如果没有晓霜,我就该住到疯人院去!"江淮站起身来,靠在墙上,他的头仰望着天花板,眼睛里布满了红丝,眼眶湿润。他喃喃地说:"执戈者带着黑天使而来,她下了战书,而我竟不防备!我是个傻瓜!天字第一号的傻瓜!她一开始就有备而来,布下陷阱,我们一个个往里跳!是的,她是毛毡苔,我们全是她捕获的昆虫!她将把我们缠绕、绞碎、吞噬……哦,老天!"他咬紧牙关,咬得牙齿咯咯发响:"人生怎么可能发生这种事?为什么偏偏轮到我身上?"

江浩已经把满屋子的东西都踢遍了,他踢翻了台灯,踢翻了茶几,踢翻了椅子……然后,一下子,他站在江淮面前。他的面孔由原来的苍白而转红了,他涨红了脸,眼睛里燃烧着火焰,他激动,热情而神经质。他用发热的手握住了江淮,激动地说:"大哥,我知道你认识晓霜,她是你的一个作者,你一定有她的地址!大哥,你告诉我,我去找她。哪怕是天涯海角,我都去找她!大哥,你是好哥哥,你一向疼我,宠我,你帮我这个忙,我感激你一生一世!"

江淮觉得五脏六腑都紧缩了,他喉咙干燥得要裂开,头脑中像有一百个炸弹,在那儿轮流爆炸,他握紧了江浩的手,他的手也同样在发热。

"老四，"他低沉而恐惧地说，"你能不能忘掉她？你还这么年轻，你根本不懂什么叫爱情！"

"哦！大哥！"江浩绝望地高呼，"你为什么不忘掉陶碧槐？你为什么不忘掉陶丹枫？而叫我忘掉林晓霜！好，好，好！我忘掉！忘掉！我不找你，我去找晓霜！"他踉跄着往门口冲去，"我不用你帮忙，我不相信找不到她！"他回头看着江淮，"根据物质不灭原理，没有人会从这世界上隐灭！"

江淮冲上前去，一把抓住江浩，他把他拖到沙发边来，按进沙发里。红着眼眶，他哑声说："你给我坐在这里别动！你等着，我去把林晓霜给你抓来！你不许离开房间，我保证给你一个林晓霜！"

江浩愕然地抬起头，不信任地看着江淮，问："你能把她抓来？"

"我能？"江淮惨然地自问着，"是的，我能！"他终于点点头，大踏步地冲出了房门。

第十四章

丹枫正在收拾行装。

她把箱子放在床上，把所有的衣柜都打开了。她慢慢地，一件一件地把衣服折叠起来，收进箱子里，她做这件事，做得专心而细致，好像她这一生最重要的事，就是要叠好这些衣服。她面容愁苦，心情低落，觉得自己把所有属于欢乐的、属于留恋的、属于柔情的种种情绪也都打包装箱了。而这箱子，却可能永久尘封。她想着，她的手就不能运用自如了。每件衣服都像有一千斤那么重，既提不起，也放不下。然后，她就拿着一件衣裳，在床沿上坐了下来，痴痴地、迷乱地、凄苦地对着那衣裳发起呆来了。那是件黑丝绒的斗篷，她第一次去见江淮，就穿着这件斗篷，那还是冬天，天气是阴沉欲雨的。现在，她的心也阴沉欲雨了。

她就这样坐在那儿，神思恍惚地想着一切。从过去到未来，从英国到中国。哦，她演了一场最坏的戏！她演砸了每个角色！她自以为能干，自以为有定力，自以为聪明……她却演坏了每个角色，演坏也罢了，怎么竟会迷失在自己饰演的角色里？她握紧那衣裳，丝绒那么光滑，那么柔软，柔软得像她的意志……她把头扑下来，把面颊埋进那衣裳里。

就这样走了吗？就这样离开她眷恋的地方？问雁儿，你为何流浪？问雁儿，你为何飞翔？问雁儿，你可愿留下？问雁儿，你可愿成双？她忽然心灵震动，一股酸楚就直往脑门冲去，她的眼眶骤然发热，那光滑的丝绒就莫名其妙地潮湿了。是的，流浪的雁儿没有家乡，去吧！去去莫迟疑！不能再追寻，不能再逗留，所有的角色都演砸了，她只能飞走，飞得远远的，飞到另一个星球去！

急促的门铃声打断了她的沉思，也打断了她那凄苦的冥想。她站起身来，把衣服堆在床上，走到门边去，毫无心理准备地打开了房门。

江淮像一阵狂风般卷了进来，手里紧紧地拎着个口袋。他面目凶暴，眼光狰狞，浑身上下都带着暴风雨的气息。砰然一声，他把房门撞上，就直冲到客厅里。他对室内扫了一眼，眉毛凶恶地拧结在一块儿，眼底闪烁着像豹子或狮子般的光芒，他的胸腔沉重地起伏，呼吸像鼓动着的风箱。丹枫微有怯意地看着他，从没看到他有这样凶暴的面目。

"江淮……"她讷讷地开了口，"你……你要干什么？"她不稳定地问着，心中仍然激荡着那股酸楚的柔情和若有所待的期盼。

"干什么吗？"江淮大声地说，陡然把手中的口袋拉着袋底一倒,顿时,有五本精装的、厚厚的日记本从那袋中滚了出来,四散地滚落在那地毯上。他的眼眶发红,眼中冒着火焰,他嘶哑地怒吼着说:"都在这儿!丹枫!我和碧槐五年来的一本账,全在这儿!我辛辛苦苦要隐瞒你的事,都在这里面!这些,全是碧槐的日记,你可以慢慢去读,慢慢去欣赏!我全面投降,我把这些拿出来,希望你看了之后不会后悔!恭喜你,丹枫,你胜利了,你逼我交出了一切!现在——"他一把握住了她的手腕,把她往卧室里拖去:"你给我换衣服,跟我走!"

"我跟你到哪儿去?"她惊呼着,"你弄痛我了!"

"我不在乎弄不弄痛你!"江淮吼着,忽然用力去扯她的头发,她又惊又痛,呼叫着,脑袋被他扯得一直往后仰去,他放开了她的头发,冷冷地说,"奇怪,原来你的长头发是真的,短头发才是假的!"他把她用力一摔,摔倒在床前面。她靠在床沿上,满脸发丝,气喘吁吁。

"起来!"他大叫着,命令地,凶恶地,"你以为我害死了碧槐?去读那些日记!你要报复,你以为自己是个复仇天使!你报复吧!你杀我,报复我,毁我,随你便!但是,你怎么忍心去玩弄一个孩子?"他的声音越叫越高,越叫越沉痛,越叫越愤怒:"他才只有二十岁,你知道吗?他比你还小,他与我们的恩怨一点关系都没有,他天真纯洁得像张白纸,你知道吗?你为什么要去招惹他?你为什么要去伤害他?如果我有对不起你的地方,你找我算账!他那么小,他有什么过错?"

她往床边退去，身不由己地蜷缩着身子，抬起头来，她迎视着他的目光，勇气忽然又回到了她身上，她甩了甩头，把面颊上的发丝甩向脑后，她挣扎着说："他的过错，是生为你的弟弟！"

"我的弟弟！"他狂叫着，"他与我的事有什么相干？他从来没见过碧槐！他从不认识碧槐！难道碧槐的死要他去负责任？"

"你伤害了我的姐姐，"她开始冷静了，开始本能地应战了，开始面对现实了。她挺了挺瘦瘦的肩膀，清晰地说："我唯一能报复你的办法，不只是伤害你，而且要伤害你的弟弟！"

"你这是什么魔鬼哲学？"他对着她的脑袋大吼，声音几乎震聋了她的耳鼓。

"是魔鬼的哲学！"她的声音里带着泪浪，高傲地仰起头来，眼睛里也闪着泪光。但是，她唇边却浮起一个胜利的、虚弱的微笑。"你心痛了？你痛苦了？你比自己受伤还痛苦，是不是？那么，你该知道我曾经遭受了多少痛苦！你的弟弟，他毕竟还活着，我的姐姐却已经死了。"

"我没有杀害你的姐姐！"他狂叫，失去理性地狂叫，"你这个傻瓜！你这个疯子！你这个莫名其妙的混蛋！杀你姐姐的是你自己！你那该死的贵族学校！你那该死的生活费！两千英镑一学期！你姐姐连自己都养不活，她如何去负担两千英镑一学期！报复吧！你报复吧！是你把她推入了火坑，是你把她推入万劫不复的地狱！是你把她推向了毁灭！你报复吧！你报复吧！你报复吧……"

她身子往后退，床挡住了她，她再也退不动了，张大眼睛，惊恐万状地望着他，张开嘴，她吐不出声音。恐怖和震惊使她的脸色在一刹那间就变得惨白，血色离开了嘴唇，她开始颤抖，颤抖得整个床都簌簌作响。她对他摇头，祈求地，悲切地，哀恳地摇着头，半晌，才吐出怯怯的，哀痛的，像垂死般的声音："不是的，江淮，不是我！你不要这样说，不要因为我伤害了你弟弟，就给我这么重的罪名！不，不是的！我没有杀碧槐，我没有！"

"那么，你凭哪一点说碧槐是我杀的？"他继续吼叫，继续直问到她脸上来，"你对人生的事了解得那么少，你对感情和人性只懂一点皮毛，竟想代天行道！"他又抓住了她的胳膊，把她整个人从地毯上提起来，像老鹰抓小鸡似的抓住她，再把她重重地摔到床上去。她倒在床上，把身子蜷起来，盘缩得像只虾子。他对着她的脑袋喊："我不跟你争辩碧槐的死，反正我已经拿出了日记，是非黑白，你自己去评断！现在，你给我马上起来！"

"你……你……"她惊恐失措，牙齿和牙齿打着战，就在这一瞬间，她怕他了，她真的怕他了。由心底对他恐惧，而且被他慑服了。"你要我干什么？"她战栗地问。

"变成林晓霜！"他又狂吼，再度震聋了她的耳鼓。他径自在那摊开的箱子里翻寻，把每件衣服拖出来，丢到地上，然后，他选出一件T恤，一条半长的牛仔裤，把衣服抛在她身上。"去！给我换上！你的假发呢？"他咬牙切齿，跑过去翻箱倒柜地找寻。"你那该死的假发呢？"他愤愤地问，像江浩一般踢着床脚,"你那满头乱七八糟的短发呢?"他拉住她的胳膊,把她拖起来:"我给你十分钟时间,你把自己变成林晓霜!"

"你……"她被动地、无力地被他拖得满床打转,"你要我变成林晓霜干什么?"

"去救我的弟弟!"他又狂叫了。额上的汗珠滚落了下来。"我答应给江浩一个林晓霜,你就得变成林晓霜!十九岁的林晓霜,淘气顽皮的林晓霜,你给我变过去!然后跟我走!"

"不不!"她拼命摇头,把身子往床里缩,"不不!我不干!我不能那样做!"

"你不干?"他的眼睛血红,狂怒使他整个面部都扭曲了,"我不允许你不干!起来!"

"不不!"她继续说,更深地往床里躲,"我不去!我绝不去!"

"你——"他忍无可忍,举起手来,对着她就是一掌。她本能地侧过头去,这一掌打在她的肩头,那力量那样大,她没坐稳,就从床上直摔到地下。他扑过去,把她从地上抓起来,又要打,但是,他看到她嘴角有一点血渍,正慢慢地沁出来,他的手软了,把她再抛到床上,他哑声地、命令地说:"我给你十分钟!"

"我不去。"她悄声说,泪珠从她眼角滑落下来,"你打死我,我还是不能去。我已经告诉了他,我是只木叶蝶,我是片毛毡苔。我安心撤退,放他一条生路。我并没有做得很过分，我始终叫他不要对我认真，我告诉他我是个坏女孩，要他灰心而撤退……我并没有很过分……"

"你还不过分吗？你使他神魂颠倒，你使他废寝忘食，你使他失魂落魄，你使他快发疯了！你还不过分吗？他已经快为你跳楼了，你还不过分吗？"

她呻吟了一声，把脸藏进床里面。"我不知道他会这样热情。"

"你不知道？"他嚷着，声嘶力竭地嚷着，"你怎会不知道？他年轻，他血气方刚！他怎么禁得起你的诱惑？他怎么禁得起你那些千奇百怪的花招？你弄得他眼花缭乱！你那个该死的小雪球呢？你把它藏到什么鬼地方去了？……"

"它和奶奶在一起。"

"奶奶！"他又狂吼了，"你什么时候跑出来一个奶奶！你是变魔术的吗？你从哪里弄来一个奶奶？"

"她是个半聋半瞎的老太婆……"她继续呻吟着说，"我给她钱，雇她来掩护我，反正她听不清也看不清。雪球是从狗店里买来的，我已经把它送给奶奶了。"

"好，好，好！"他气得声音发抖，"你厉害，你真厉害，你把一个个的陷阱都布好了，只看我们兄弟两个怎样跳进去！你厉害！你是我生平都没有碰到过的角色！忧郁高贵的陶丹枫，活泼淘气的林晓霜……哈哈哈！"他忽然仰天长笑，笑得凄惨，笑得辛酸，笑得沉痛而苍凉。"我和碧槐把你送进全世界最有名的戏剧学校，让你变成世界上最有名的演员！哈哈哈！我们曾经多么辛苦地，一点一滴地去筹集你的学费！你总算是学有所成，不知道碧槐看到你今天的成就，会不会死也瞑目！"他喊着，笑着，泪水却冲出了他的眼眶。他背过身子，把额头抵在墙上，重重地喘气。

"我给过你很多暗示，"她更畏怯地、更瑟缩地说，"是你自己忽略了，我送《黑天使》给你，告诉你我要复仇。我选了林晓霜这个名字，因为它就是丹枫两个字。"

他回过头来，瞪着她："林晓霜就是丹枫两个字？"

"你熟读中国文学，总不会没念过'晓来谁染霜林醉'的句子，早上醉了的霜林，就是红色的枫叶。"

"哦！"他发疯般地大叫了一声，"我该想到林晓霜就是丹枫！我该想到你肚子里有几个弯几个转！我该想到丹枫在我身边失踪的时候，就是林晓霜在江浩身边出现的时候！我该想到这两个女孩从不同时出现！我该想到你永不要见江浩，而林晓霜也永不要见大哥！哦，我是傻瓜！我是大傻瓜，江浩是小傻瓜，你聪明！你能干！你把我们兄弟玩弄于股掌之间……"

"但是，我认输了，我撤退了。"她凄然地、低低地、苦恼而无助地说，"我并没有打完我的仗，我明天就走了，回英国去。还你们兄弟两个一份平静的日子。我马上就走了，你们都会把我忘记。你就告诉江浩，林晓霜已经死了。姐姐死了，你还是活下去了，不是吗？二十岁是很健忘的年龄，他很快就会忘记林晓霜！"

"胡说！"他大吼，"你休想逃走！你休想回英国，你休想在闯了这么多祸以后一走了之！我不会饶你！我不会放你！你起来！跟我去见江浩！"

"我不！"她又往床里躲去。

"你去不去？"他大喊。

"不去！绝不去！"她固执地往床里躲。

"你不去也得去！你非去不可！"他扑过来，又把她从床上拖到地下，他语无伦次地喊着，"如果你不换衣服，我就剥光你！我今天绑也要把你绑去！你不换衣服，我来帮你换！"

她挣扎着，要从他掌握中逃出来，她扭动着身子，嚷着，喊着："不要！江淮！求求你！你放开我！不要强迫我去！请你不要强迫我去！我今天去了，你要我明天怎么办？难道我一辈子装成林晓霜？""你就一辈子装成林晓霜！"他喊，不顾一切地握紧她，"哗"的一声，扯破了她胸前的衣服，她惊喊着，用手掩住胸口，泪珠成串地滚落下来，疯狂地迸流在她的脸上，她哭着嚷："好，我换衣服，我跟你走！"

她从床边跳起来，带着股"豁出去"的神情，她满脸又是泪，又是汗，又是血迹，发丝拂在脸上，被泪水湿透了，贴在面颊上面。她眼中流露出一种疯狂的火焰，她的牙齿咬紧嘴唇，把嘴唇咬破了，血滴在下颌上。她也不避嫌，立即把上衣脱下，当着他的面换上 T 恤，再脱掉裙子，穿上牛仔裤，拉好拉链。

她扬起头来，一脸的狂暴和凶野，她用一种阴鸷的、悲愤的、奔放的狂怒，一迭连声地喊了出来："好！我跟你走！从此，我是林晓霜，你弟弟的女朋友！你不许碰我！你退开！朋友妻，尚且不可戏，何况是你弟弟的女朋友？在我跟你走出这房门之前，我有几句话要跟你讲！你知道我为什么要回英国？你知道我为什么要逃走？你知道为什么林晓霜必须消失？你知道我为什么坚持不跟你去见江浩？你知道我为什么不再追究姐姐的死因？你知道我为什么放弃了自己计划已久的报复？因为——我爱上了你！"她狂叫着，泪如雨下，"我爱上了你！我不可救药地爱上了你！你是杀碧槐的凶手，我爱你！你是我的敌人，我也爱你！我怕我再也离不开你，我想你，念你，爱你！爱得让我自己害怕，爱得不忍心伤害你，也不忍心伤害江浩……你瞧！我是最坏的演员，演坏了我的角色！演员怎么能动真感情？而我却昏了头，去爱上你！我输了，我只有撤退，我只有逃走！你这个笨蛋！你这个傻瓜！难道你体会不出什么是真正的爱情？我输了，你不懂吗？我远迢迢从英国飞来，为了和你作战！我却爱上了我的敌人！好了！"她甩甩头，仰着下巴，让那泪水、汗水和血水都流在衣襟上。"话说完了！我跟你走！"

他呆了，愣了，傻了。忽然间，他就像被魔杖点过，变成了一个不会移动的石头人。他瞪着她，好一会儿，他都没有思想，他失去了思想的能力。脑子里，只是疯狂地响着她嚷出的句子："我爱你！我爱你！我爱你！"这句子像十万个人敲着钟，钟声汇合成一片铿然有声的狂响，"我爱你！我爱你！我爱你！"但是，忽然间，像是有一盆冷水对他兜头淋下，心底，有个小声音在及时地喊："你能信任她吗？你还要继续被她蛊惑吗？你还要再被欺骗一次吗？"他一凛，醒了，从那几乎又捕捉了他的、狂喜的梦中惊醒了。他扬起头来，冷冷地、冰冰地、不信任地说："你在背台词吗？好一篇动人的谈话！如果我不是已经被你玩弄得团团转，我几乎会相信你了！你爱上了我？如果是真的，太不幸了！因为我再也不会受你的骗了！把你的台词省省吧！留下来去对江浩说吧！"

她的身子摇了摇，似乎要晕倒，她那已经像大理石般的面颊，现在惨白得像透明的一样了。她扶住了墙，稳住了自己。高高地昂起下巴，竭力在维持残余的骄傲，她点了点头，一连串地说："好，好，好，我背台词，现在，台词背完了，戏还要演下去，我是你的囚犯，我跟你走！"她骤然提高了声音，厉声说："走吧！"

她领先往客厅冲去，在客厅中，有样东西在她脚底一绊，她站立不稳，身子就向前栽去。他本能地伸出手，要去扶她。她一下子跳开了八丈远，声色俱厉地喊："不许碰我！你怎能去碰你弟弟的女朋友？我是林晓霜，你没有资格碰林晓霜！"

他凝视她，她拼命咬紧嘴唇，嘴角全是血渍。忽然间，他心跳气促，她那努力维持骄傲的样子触痛了他的神经，他耳中又响起她那半疯狂的陈述："我爱你！我爱你！我爱你！"如果她是真的呢？万一她是真的呢？他骤然就背脊发冷而额汗涔涔了。他对她伸出手去，苦恼而矛盾地低喊："丹枫！"

"我不是丹枫！"她冷冷地说，声调如寒冰与寒冰的撞击，清脆而幽冷，"我是林晓霜！"

他在她那幽冷的语气下震动了，他在她那负伤的眸子中震动了。如果她说的是真话呢？这"如果"使他的心绞紧了，痉挛了，可怕地翻腾痛楚了。他不自禁地把声音放柔和了：

"丹枫,你刚说的是真话吗?"他问,"你并没有对我背台词,你是真心的,是不是?你要了解,我现在是惊弓之鸟,我无法去相信……"

"你不用相信!"她大声说,跺了一下脚,眼泪夺眶而出,"我是背台词!我是!我是!我是!……"她一连串喊出几十个"我是","我练了几百年来背它!我背了几百遍使它流利!我的演技不坏吧!"她扬起头,"走呀!赶快让我投进江浩的怀抱里去!走呀!"她往前冲,脚下又是一绊,她伸手拾起地上的东西:碧槐的日记本!她握着日记本,全身猛地一震,眼光立刻发热而昏乱,她扬起头,脸上的愤怒一变而为恐惧与惊惶,她失神地盯着他,喃喃地说:"你说,是我杀了姐姐?是我把她推进了地狱?是我毁了她?是我让她投入了火坑?……"

他悚然而惊,扑过去,他想抢走那日记本,他心跳气促,和她一样,变得恐惧而惊惶了。他急促地、口齿不清地说:"还给我!丹枫,我想,我有些发疯了,发现你就是林晓霜,这打击使我发疯了,我们必须冷静下来,让我们好好地谈一谈!你休息一下,躺一躺,我不带你去见江浩了,你说得对,他还年轻,他会忘记林晓霜的!我不勉强你了!把日记本还给我,让我们两个都平静下来……"

"不!"她把日记本紧抱在怀中,挣扎着站稳身子,努力集中自己的思想,努力维持头脑的清醒,"你带了这些日记本来,以真相来交换我,你给我真相,要我给你林晓霜!我接受了你的条件,所以,你不许把日记本拿走!我跟你去见江浩！走吧！"

　　"不！"他苦恼地、急切地、矛盾地、烦躁地大喊起来，"不不不！我改变了主意，你不要去见江浩，我不要你去见江浩了！江浩的事，我们再想办法，你不要去见他！"

　　"你前后矛盾？"她说，"你逼我去见他，你绑架我去见他！而现在，你又不许我去见他了？为什么？"她扬着睫毛，眼光虽然森冷，却依然明亮。"因为我把我的底牌都揭穿了？因为我把我的自尊都抹杀了？因为我告诉你我爱你，所以你又想要我了？你不知道我是骗你的吗？你不知道我是背台词吗？你不知道我在演戏吗？"她往门口走去："太晚了！江淮。我已经不是陶丹枫了，你强迫我变成了林晓霜！你甚至强迫我永远变成林晓霜，那么，陶丹枫已经死了，像陶碧槐一样死了，我是林晓霜！"她把手放在门柄上，要开门。

　　"丹枫！"他喊，他的手迅速地压在她的手上，他的眼光哀求地、痛楚地盯着她，他的声音里充满着压抑不住的热情和愁苦，"老天！你要我怎么办？我该怎么办？"他再也控制不住，他悲愤地高呼："丹枫！我们的悲剧演得还不够多吗？"

　　"我明天回英国。"她忽然悄悄地说，声音低沉如梦。

　　"不！你不许回英国！我们的问题还没完，你不许走！"

　　"好，我去解决问题，我去见江浩，我闯的祸，我去收拾！"

　　她一下子打开了门。顿时间，她和江淮都傻了，都愣了，都呆得像木鸡一样了。门外，江浩正斜靠在那儿，脸色苍白而古怪，眼神悲愤而震惊。他像个石柱般靠在那儿，显然已经靠了很久很久。他们三个彼此看着，一时间，室内室外，都是一片死样的寂静。

时间不知道过去了多久，还是江浩第一个打破沉默，他对江淮看着，幽幽地说："对不起，大哥，我跟踪了你。我以为跟踪你会帮我找到——晓霜。"

"那么，"江淮小心翼翼地说，用舌尖润着那干裂的嘴唇，"你自始至终都在门外？你全听见了？"

"是的，我全听见了。"江浩苦涩而迷惘地说，望向丹枫。丹枫正披散着一头长发，惨白的脸庞上，血与泪混淆得一塌糊涂。她的眼睛睁得好大，里面却盛满了惊惶、恐惧、悲痛和难言的歉疚及懊恼。她对他伸出手去，可怜兮兮地、恍恍惚惚地、迷迷离离地说："江浩，我就是林晓霜！"

江浩往后退了一步，他认不清这满面凄苦的女人，这怎能是晓霜？他惊呼着说："大哥，抱住她，她要昏倒了！"

江淮及时伸出手去，一把挽住了她的腰，她滚倒在他的怀中，他把她平放在地毯上。她睁大眼睛，保持清醒，她并没有晕过去。她望着那两张同时对自己俯下来的头，望着那两对关怀而焦灼的眼睛，她眨动眼睑，泪珠扑簌簌地滚落，她啜泣着说："原谅我！我把所有的事情，都搅得乱七八糟！"

兄弟两人彼此对望了一眼，就不约而同地跪在她身边，又不约而同地伸出手去，要拭去她唇边的血渍。两人的手在她唇前相碰了，又都触电般地缩了回来，然后，两人就痴痴地，傻傻地对望着。终于，江浩跳起身子，回转头就往屋外冲去。江淮比闪电还快，也跳起身子，蓦地挡在他面前，把房门在身后碰上，他就靠在门上，死死地看着江浩。

"老四，"他哑声说，"你必须留下来，让我们三个人，平心静气地谈一谈。"

"你高估了我，"江浩也哑声说，"我的世界忽然天翻地覆了，而你居然叫我平心静气！"他眼圈发红，声音发堵，"让开！让我走！"

丹枫从地上爬了起来，她慢慢地站起身子，扶着沙发，她望望江淮，又望望江浩，她的脸色忧郁而愁苦，凄凉而落寞，她的身子摇摇晃晃的。兄弟二人又不约而同地想伸手去扶她，但是，才伸出手去，就又都缩回来了。江浩仔细地，长久地，痛楚地，悲哀地审视着她的脸，终于，他沉痛地问了一句："你到底是谁？我好像认得你，又好像不认得你。"

"你看过在林梢的雁子吗？欲飞不能飞，欲住不能住。"她回答着，就筋疲力尽地倒在沙发里，"你们都不用烦恼，明天就什么都结束了。明天，雁儿就飞了。杜甫有两句诗写得最好：明日隔山岳，世事两茫茫。"

第十五章

　　三十分钟以后，江淮、江浩和丹枫三个就已经都坐在那套小巧的沙发里，静静地彼此对望着了。丹枫已去浴室梳洗过，洗干净了她那一脸的泪与汗，她的嘴角，由于牙齿磨破了嘴唇，始终在流血，而且肿了起来。她终于又换掉了那件牛仔裤和 T 恤，穿了件纯白色的、麻纱的家常服，宽宽的腰身上绑了根细带子，披散着一头如水如云的长发，她斜靠在沙发里。看起来，又单薄，又虚弱，又渺小，又飘逸，又不真实。

　　她沉坐在那儿，怀里紧紧地抱着碧槐的那些日记本，她默然不发一响。眼珠乌黑而深邃，像两泓不见底的深潭。她的脸色依然惨白，白得像她那件衣服，这面颊如此毫无血色，她唇边的一抹猩红就显得特别刺眼。她双手放在怀中的册子上，静悄悄地坐在那儿，像个大理石雕刻的圣像。她的衣袖半卷，露出那白皙的胳膊，在那胳臂上，全是刚刚和江淮争斗时，被抓伤撞伤的痕迹，青紫的瘀痕和擦伤都十分明显。她睫毛半垂，星眸半掩，眼光落在一个不知名的地方，思想似乎也已飘入了另一个星球。她有种遗世独立的意味，有种漠不相关的意味，还有种天塌下来也与她无关的意味……就这样坐着，不动，也不说话。

江淮毕竟是三个人里最先恢复理智的，他给每人都倒了一杯酒。丹枫这儿有的是各种酒。但是，丹枫碰也没碰，江浩也只勉强地啜了一口，就痴痴地对丹枫傻望着。江淮也在沙发中坐下来，燃起一支烟，他的手仍然不听指挥地在颤抖。他冷眼看丹枫和江浩两个，丹枫是沉浸在自己那不为人知的境界里，江浩却一脸的迷惘，一脸的困惑和一脸古里古怪的表情。

室内好安静，三个人各想各的，似乎都不愿先开口。这种安静是沉闷的，是令人紧张，令人窒息的。江淮已抽完了一支烟，他又燃起了第二支，淡淡的烟雾在室内轻缓地缭绕。江浩终于把目光从丹枫脸上收回来，他转头去看江淮，喃喃地说："大哥……"

正好，江淮也振作了，转头对江浩说："老四……"

两人这同时一开口，就又都同时咽下了要说的话。江淮吸了一口烟，说："你要说什么？"

"我不知道。"江浩坦白地说，迷惘更深地遍布在他脸上，他反问："你要说什么？"

"我？"江淮怔住了，"我也不知道。"

室内又静下去了。好一刻，兄弟二人又都不约而同地对看着，欲言又止。这样闹了好几次，那丹枫始终像个木头人，视若无睹，听而不闻，她只陷在她自己的世界里。终于，江淮再也熬不过去了，下定了决心，他抬头望着江浩，清清楚楚地喊了一声："老四！"

"嗯？"江浩凝视着江淮。

"我们打开窗子说亮话，你在门外已经听到我们全部对白，那么，你当然知道，我并没有骗你，世界上根本没有林晓霜这个人！"

"我知道了。"江浩对着自己的手指，狠狠地一口咬下去，立即疼得直甩手，他神情古怪地说，"居然会疼！那就不是做梦，我怎么觉得今天这种场面，好像在我的梦里发生过。"

"老四，你相信我，"江淮诚恳而真挚地说，"我今天所遭遇的打击和惊奇，绝不会比你少。"

"我知道，"江浩傻傻地点着头，"你是个好哥哥，你甚至要强迫她变成林晓霜。"

"但是，"江淮费力地说，"林晓霜这个人物是根本不存在的。"

"我知道，"他再重复地说着，注视着丹枫，"我看了她好久好久，我一直看她，她长得很像晓霜，相当像，可是，她不是晓霜。"

"那么，"江淮用舌尖润着嘴唇，觉得舌燥唇干，他喝了一大口酒，又喷出一大口烟，终于冲口而出地说，"你能不能放弃这个找寻了？"

江浩注视着江淮。"不是放弃与不放弃的问题，是不是?"他满脸的苦涩,却脑筋清楚地说,"你遗失了一件东西,可以去找寻这件东西,因为这东西存在着。你遗失了一个梦,你不能去找一个梦,因为梦是抽象的,是不存在的。我本来以为,我遗失了一个女孩子,现在才知道,我根本没有得到过什么女孩子,没得到也就无从失去。何况,世界上没有林晓霜,我那物质不灭原理根本就错了!"

江淮仔细地凝视着弟弟。"老四,你不是一个孩子了。"他感叹地说,"你懂得很多很多,你也体会得很多很多……"

"不。"江浩打断了他,"我根本不懂,我也根本不能体会!她既然不是林晓霜,那为什么要假扮林晓霜?好好的陶丹枫她不做,为什么要变成一片毛毡苔?你们口口声声提到报复,谁报复谁?为什么?你当了几年的'舞厅孝子',去'孝顺'那个陶碧槐,难道还不够?她反而因此要报复你,这是什么哲学?我不懂,我完全不懂!"

丹枫一直坐在那儿,动也不动。对于他们兄弟二人的谈话,她好像始终没有听见,也好像这兄弟二人根本就不存在。可是,当江浩提到"陶碧槐"三个字的时候,她陡地震动了。似乎有什么冰冷的东西冰到了她,她浑身一阵战栗,头就抬起来了。目光投到江浩身上去了,仿佛现在才发现江浩,然后,她转头又看着江淮,她就把那些小册子紧捧在胸口,喃喃地说:"你们为什么都在这儿?你们走吧!我不要你们在这儿!我要一个人,我要看碧槐的日记,你们走吧!"

江淮震动了,他紧张而仓皇地看着丹枫,看着她怀里的那些小册子,他试着要去取那日记本,丹枫立刻紧抱着本子,像负伤的野兽在保护怀里的小兽般，眼睛里又流露出那种疯狂的、野性的光芒。这神情刺痛了他，他不敢去碰那些本子了。他咬牙，他握拳……他站起来，绕屋行走，他又坐下去，死盯着丹枫。然后，他终于恳求似的开了口：

"丹枫，你听我说，你好好地听我说。你把日记本还我，我已经不要求你去扮演林晓霜了！江浩也已经弄清楚事情的真相，他不会恨你，也不会怪你……"

"大哥，"江浩冷冷地说，"你最好不要代我发表意见！"

"老四！"他懊恼地回过头去，愤愤然地说，"你是什么意思？"

江浩仰靠进沙发里，伸长了腿，他两手交握着放在胸前。忽然间，他就变成了一个沉稳的大人，一个坚定的大人。一个有主张，有见解，有思想，有气度的男子汉！他一瞬也不瞬地望着江淮，又掉头看看丹枫，他唇边浮起了一个古怪的微笑。点了点头，他缓慢地、口齿清晰地、有力地说：

"我已经冷静地分析过了，在这整个故事里，我是个莫名其妙的被害者！你们两个，每人肚子里有一本账，这本账我全不知道。而现在，还不是你们面对真实的时候吗？还不是你们公布真相的时候吗？你们即使还要继续演戏，继续去保有你们的秘密，我这个莫名其妙的被害者，也该有权知道我为什么会成为你们之间的牺牲品！"

"老四，"江淮蹙紧了眉头，"回家以后，我们有的是时间来谈，现在，不是谈这件事的时候！"

丹枫看看他们，她脸上有种被惊扰了之后的厌倦。她低叹一声，就低下头去，翻开了第一本日记，她似乎准备把这兄弟二人当成不存在，要去径自进行自己的工作了。江淮跳起来，用手压在那文字上。丹枫惊愕地抬起头，她接触到江淮深沉的、苦恼的、痛楚而热情的眸子。这对眼睛那样痴痴地、切切地、哀恳似的看着她，里面燃烧着两小簇热烈而阴郁的火焰。这眸子立刻把她从那沉浸在海底的意志唤醒了，立即就绞痛了她的神经，融化了她心底的冰层。她讷讷地、挣扎地说：

"你要干什么？你一定要对我用暴力吗？"

"不，不。"他一迭连声地说，"不对你用暴力，再也不对你用暴力。只是——请求你在看日记以前，先听我说。"他回头看看江浩。"老四是对的，你们都有权知道这个故事，既然一切已发展到这样恶劣的局面，我势必不能再保密下去。丹枫，我把我和碧槐的故事全讲给你听，听完了，你再到日记里去求证。但是……"他倒进沙发中，仰首看着窗外，"我曾经发誓不说这个故事，不论有多少谣言，多少揣测之词，多少恶言中伤，我发誓过不说这故事，未料到人算不如天算！"他长长地叹了口气，自语似的低低地说了句："碧槐，请原谅我！我不得不说了。"

丹枫注视着江淮，她眼睛里顿时闪过一抹光芒，就立即有了生气，有了感情，有了力量。她不再像个石雕的圣像了。她坐正身子，端起那杯酒，浅浅地啜了一口。她的眼光生动地、柔和地、梦似的停驻在江淮的脸上。

"事实上，"江淮没有看她，他燃起一支烟，他的眼光停在那烟蒂的火光上。"我和碧槐的故事，前一半一点也不稀奇，那是个很普通的、典型的恋爱故事，一个大学生碰到另一个大学生，几乎是一见钟情，在三个月内就山盟海誓，难舍难分了。我和碧槐是在夏令营里认识的，她文雅，纤细，多愁善感，写一手好诗词，精通中国文学，她多才多艺而弱不禁风。当时，为她倾倒的大学生大有人在，追她的男孩子数不胜数，她在那芸芸众生的追求者中，独独选中了穷无立锥之地的我，简直使我像飞在云雾里一般。她和我谈诗词，谈绘画，谈人生，谈梦想，谈爱情……哦，我简直为她疯狂了。"

他吸着烟，烟蒂上的火光一闪一闪的。江浩和丹枫都不说话，他们的眼光都盯着他，他沉溺在遥远的过去里，那"过去"显然刺痛了他的神经，他微蹙着眉，眯起眼睛，望着那向空中扩散的烟雾。

"那时候，碧槐是单身在台北，无依无靠，我也是，两个单身的年轻人，彼此慰藉着，我们曾经有过一段好美好美的生活。相交既深，碧槐开始谈她的家庭，谈她早逝的父亲，谈她改嫁的母亲，谈她那最最最最可爱的小妹妹！她常说，丹枫上飞机以前，曾经哭着抱紧她喊：姐姐，不要让我跟他们走，我要跟你在一起！姐姐，留住我！留住我！留住我！她每次叙述，都泪流满面，我把她抱在怀里，她哭得我的衣襟全都湿透了。"

丹枫眼中浮起了雾气，她的视线模糊了，喉中哽住了，端着酒杯，她望着杯中那红红的液体发愣。

"我从没遇到比碧槐更多情，更恋旧，更多愁善感的女孩，我们的欢乐结束在我去受军训的时候。我受完军训，碧槐应该念大三，但是，她竟白天上课，晚上到一家舞厅去当舞女！我找到她，我们之间发生了剧烈的争执，她拿出一封信给我看……"他转过头来，望着丹枫，苦涩而酸楚地说，"亲爱的丹枫，你那时的信，就写得和现在一样好！那是一封一字一泪，一句一泪，一行一泪的信，你历数了在国外的辛酸，继父的冷漠，生母的无奈和你前途的茫然。我现在还记得你信中的几句话，你说：姐姐，我才十七岁，已经面临失学之苦，在学校中，老师们都说我有语言和戏剧的天赋，我也做过梦，要念戏剧，要念文学，要念艺术。但是，下个月，我会去酒吧里当兔女郎！亲爱的姐姐，你不会懂得兔女郎是什么，我在出卖早熟的青春，和我很东方的'东方'！我把我所有的梦想都埋葬起来，姐姐，再相逢时你不会认得我，你那清纯的、被你称为小茉莉花的妹妹，到时候将是残枝败柳了。亲爱的姐姐，当初你为何不留下我来？我宁可跟着你讨饭，也不愿在异国做洋人的玩具！"他停了停，盯着丹枫说，"我有没有记错？你是不是这样写的？"

丹枫闭上了眼睛，两滴泪珠从眼眶中溢出来，沿颊滚落，跌碎在衣襟上。

"丹枫，"江淮叫了一声，"我永远不了解，你们姐妹之间，怎可能有如此深厚的感情？碧槐为了这封信，毅然下海，她告诉我，她卖舞而不卖身，她说她会继续念书，她说舞女也有极高的情操……她用种种理由来说服我，让我允许她伴舞，我一直摇头，一直不肯，她急了。她对我说："我已经写信告诉丹枫，我的男朋友是个富翁，可以接济她的学费，如果你不许我伴舞，除非你筹得出她的学费！'这话使我发疯了，我拼命工作，埋头工作，一天工作十八个小时！可怜，我那小小的出版社连我自己都养不活，怎能负担每学期两千英镑的学费！"

他再度停止了，拼命地抽着烟，满房间都是烟雾腾腾了。他望着那些烟雾，脸色阴沉而凄凉，声音却变得非常平静了。

"于是，碧槐下了海，三个月后，她干脆退了学，因为她的功课一落千丈，而长久的夜生活使她白天精神萎靡。她不再是陶碧槐，她不再是个单纯的大学生。在舞厅里，她很快学会了抽烟，喝酒，以及和男人们打情骂俏。她成了曼侬。正像曼侬·雷斯戈一样，她为钱可以牺牲。开始，是有限度的，陪客人吃吃宵夜，她还坚守着最后的清白。但是，这种'坚守'使她的收入有限，然后……"他忽然抬起头来，熄灭了烟蒂，他目光锐利地看着丹枫，"丹枫，你还要听吗？你真的要听吗？"

她浑身通过了一阵战栗，她的眼珠黝黑得像黑色的水晶，脸色却像半透明的云母石。她哑声说："是的，我要听！我要知道，我的学位到底是建筑在什么上面的！"

"好吧，我说下去！"他咬咬牙，再燃起一支烟，"那时，我的生活已经陷在一片愁云惨雾中，白天，我拼命地工作，晚上，我就守在舞厅里，看她向不同的男人投怀送抱。这种生活使我发疯发狂，我们常常吵得天翻地覆，愤怒极了，我就骂她的伴舞并不是为了妹妹的学费，而是为了自己的虚荣！这样，我们彼此折磨，彼此伤害，彼此疯狂般的怒骂之后，又在眼泪和接吻中和解。我们的生活成了一种恶性循环。永远是争吵，绝交，和解。每次和解后，我们就更亲爱，更痴情，更难舍难分。但是，我这些愤不择言的话毕竟伤了她的心，她开始变得自卑了，变得泄气了，变得没有信心而且自暴自弃。她甚至叫我离开她，叫我另外去找对象，她说她渺小如草芥，如墙角的蒲公英……她说她配不上我。"他的声音低沉了下去，停止了。

好一会儿，室内只是静悄悄的，丹枫握着酒杯，把双腿蜷在沙发上，她整个人都蜷缩在那儿，像一只受惊的小昆虫，江浩是听得发呆了，这故事，有一部分是他知道的，但他绝未料到故事的后面，还藏着更多的故事。

"如果我少爱碧槐一点，"他又说了下去，"或碧槐少爱我一点，我想，我们都会幸福很多。不幸，我们都那样深爱彼此。那时，我的出版社已好转一些，整日接触的都是名作家、文人及社会名流。这并没有使我的经济环境有丝毫改进，却让我的社会地位在无形提高。这使碧槐更自卑了，她开始强迫我离开她，强迫我去找寻自己的幸福。我不肯，为了证实我不在乎她的身份，我每晚都去舞厅盯着她。为了要阻止我的痴心，她就每晚折磨我。她故意和别人亲热，故意当众嘲笑我，故意侮辱我，故意伤害我……我忍耐着。因为，只有我了解，当她在折辱我的时候，她自己的痛苦更远胜于我。这样，舞厅给了我一个封号，叫我'火坑孝子'，我成为整个舞厅里的笑柄。"

他又停了，低着头，他一口又一口地抽着烟，烟雾后面，他的脸庞变得朦朦胧胧。

"当然，我们偶尔也会有欢乐的时候，每当远从英国寄来一封感激的信，每当收到那贵族学校的一张成绩单，证明那小妹妹确实品学兼优，确实力争上游。那时候，碧槐会开心得像个孩子，她搂着我的脖子又笑又跳又叫，她吻我，用几千种亲爱的名称来呼唤我，使我在那一刹那间觉得所有的委屈，都值得。那时，我已把我能拿出来的每一分钱都拿出来了。但是，远在英国的小妹妹开始实习了，开始彩排了，服装、道具、化妆品……都来了。碧槐写了无数的信：没关系，丹枫，我们很有钱，你未来的姐夫已名利双收……名利双收？我那时依旧是两袖清风，我们聚集了每一分钱，生活越来越拮据。而碧槐在舞厅里，也不能没有服装，没有打扮。何况，那时，碧槐经常借酒浇愁，已经有了酒瘾。于是，有一夜，她来找我，我们相对喝酒，都喝了八成醉，她说，'江淮，在我还干净的时候，把我拿去吧！我愿意完完全全属于你，哪怕是一夜也好！'我们碰了杯，喝干了酒，她成为了我的。完完全全成为了我的。"

他熄灭了烟蒂，端起酒杯，一饮而尽。他的眼光更蒙眬了，他的声音更低沉了，他的脸色更黯淡了。

"谁知道，从这一夜开始，她不只是我一个人的了。为了钱，她可以出卖自己，她并不隐瞒我，她说：'我是曼侬·雷斯戈，你不可能要求曼侬忠实！'但，我是真的快发疯了，我几乎要打电报到伦敦去拆穿一切，碧槐知道我的企图，她一直能知道我心中最纤细的思想，她说，假若我这样做，就等于谋杀她。因为她一切都毁了，可是她还有个优秀的妹妹！她虽成为残花败柳，而那妹妹仍然是朵洁白无瑕的小茉莉花！我能怎么办？我能做什么？假若那时我可以抢银行，我想，我一定也抢了！我没抢银行，我没抢珠宝店，我没抢金库，我拼命去办我的出版社，咳！"他叹息，声音哽塞，"百无一用是书生！"

丹枫闭上了眼睛，她的头仰靠在沙发背上，泪珠浸湿了睫毛，润湿了面颊。好半天，她睁开眼睛来，那眼珠清亮如水雾里的寒星。她静静地看着他。

"这时期是我们真正悲剧的开始。婚姻是谈不上了，我即使可以不管家里的看法，碧槐也不肯嫁给我。那时，我的两个妹妹已经知道碧槐的身份，无数最难堪的情报都传到台南家中，我成了家庭的罪人，成了不可原谅的败家子，成了堕落的青年，甚至是家族的羞耻。碧槐又重申旧议，她要我走，要我离开她，软的，硬的，各种她能用的手段她都用过了。我每晚坐在那儿，看她和男人们疯狂买醉，看她装腔作势，对每个人投怀送抱。她给那些男客起外号，拿他们要宝，而那些男人，仍然对她鞠躬尽瘁。"他抬起头，望着丹枫，"记得吗？有一晚我和你在罗曼蒂吃牛排，有位客人就把你误认成碧槐——不，不是碧槐，误认成曼侬，而和我打了一架，他也是碧槐的客人。"

丹枫深吸了口气，一语不发。

"我那时候已经豁出去了，我看出一种倾向，碧槐是真的在堕落，她的目的已经不是单纯地要赚钱给妹妹，事实上，在她死前那段时间里，我和她加起来的收入，已经足可以应付伦敦的学费了。她不必那样一再出卖自己，我后来分析，她是完全自暴自弃了，而且，她希望由她的自暴自弃使我对她死心而撤退。我狠了心，我不撤退，我摆明了不撤退，我等着，我想，那小妹妹总有学成的一天，到时候，她还能有什么借口？我等着，然后——"他的声音低了下去，哽住了。

他端起了酒杯，已经空了。江浩把自己的递给了他，他啜了大大的一口，眼睛望着窗子，暮色正在窗外堆积，并且，无声无息地钻进室内来，弥漫在室内的每个角落里。

"然后——"他幽幽地说了下去，"有一天，碧槐告诉我，她怀孕了。说真的，我当时就吓住了，我问碧槐，谁是父亲？她坦白地说，可能是别人，也可能是我！咳！我不是圣人，我记得，我当时的答复是，最好的办法是拿掉他！那天碧槐哭了，我发誓，我并不知道她会想要这个孩子。第二天我陪她去看医生，医生告诉我，碧槐的心脏不好，这孩子留也是危险，拿也是危险！我们又都呆了，这时，碧槐忽然兴奋起来，她说：'孩子可能是你的，咱们留下他吧！'我没说话。老天，那时我是何等自私！我忍受过她各种不忠的行为，却不愿承认这个来历不明的孩子！我的沉默使她不再说话了，堕胎的事也就搁置下来。而碧槐从此夜夜醉酒，每晚，她必须靠安眠药才能入睡。这样，有一夜，她已经喝得半醉，她用酒送安眠药，大约吃了五六粒之多。吃了药，又喝了酒，她说，她突然想见我，她从她的公寓走出来，有一辆计程车撞倒了她。"

他再度停止，用手遮着额，他整个面孔都半隐在苍茫的暮色中。

"她被送进了医院，"他深吸了口气，再说下去，"我赶到医院的时候，她的情况并不很坏，她几乎没有受什么外伤，只是，医生说，他们必须取掉她腹内的孩子，因为那孩子已经死了。碧槐躺在急救室里，她还对我说笑话，她说：'你不要这个孩子，他就不敢来了！这样最好，将来，我给你生一个百分之百纯种的！'他们把她推进手术室，手术之后，医生叫我进去，告诉我说，她撑不下去了，她的心脏负荷不了这么多。我在手术室看到她，她仍然清醒，脸色比被单还白。她握住了我的手，对我说：'我一生欠你太多，但是，江淮，你今天在我床前发誓，答应我两件事，否则我死不瞑目。'我答应了。她说：'第一，不要用妻子的名义葬我，我不要玷污你的名字。第二，无论在怎样的情形下，别让丹枫知道我的所作所为以及死亡原因，告诉她，她的姐姐很好，是大学里的高材生，告诉她，她的姐姐纯洁而清白，一生没做过错事！'我答应了，我跪在她的床前发了誓，最后，她说了句：'你要让她完成学业！'就没再开过口。早上，她去了，死亡原因是'心脏衰竭'。"

他把杯中的酒再一仰而干，转过头来，他正视着丹枫，阴郁地、低沉地、一口气地叙述下去："这样，我葬了她。然后，我陆续听到传言，她的同学们开始盛传，她是自杀的。

当初，她化名曼侬当舞女，同学们并不知道。她突然死亡，传出各种谣言。在校中，我和她曾是公认的一对。大家都说，因为我移情别恋，爱上了一个舞女，所以，碧槐自杀了。我帮助这传言的散布，我想，这传言总比真实的情况好得多。可是，也有些真情泄露了，关于她的死因，我自己就听过四种传说：自杀、撞车、心脏病和堕胎。"

　　他把空酒杯放在桌上，盯着丹枫，眼光在暮色中闪闪发光。这长久而痛苦的叙述刺激了他，他的语气不再平静，像海底潜伏的地震，带着海啸前的阴沉和激荡："好了，丹枫，你逼我说出了一切！你逼我违背了在碧槐床前发下的誓言！你逼我说出了这个最残忍的故事。你来了！你来报复，你认为我是杀碧槐的凶手！你听信了那些传言，那些由我自己散播过的传言！你知道吗？当你全身黑衣，出现在我面前，轻颦浅笑，半含忧郁半含愁，你宛然就是碧槐的再生，我怎样都无法把你看成敌人。对碧槐的记忆犹新，你自身的优点又使我惊奇，使我崇拜，使我带着崭新的喜悦和狂欢来接纳你，我从没想过你会来报复！对碧槐，我的思念超过了负疚，如果说是我杀了碧槐，只因为我太爱她！事后，我也常想，假若我当初听了她的话，真的去另寻所爱，会不会反而救了她？但是，你怎能控制自己的情绪，你怎能说爱就爱，说不爱就不爱？爱情毕竟不是一个开关，可以任由你要开就开，要关就关！是的，或者是我杀了她，我用我的爱情杀了她！但是，丹枫，"他直视着她，喉咙沙哑，"你带着一身的诗情，一身的轻愁，踏着那冬日的愁情走进我办公室的一刹那，就已经征服了我！我从没想过，那个我们辛苦培育长大的小妹妹，会怀着利剑而来。我对你来说，是一座不设防的城市，你很轻易就攻进了我的内心深处，使我立刻不能自拔！我现在还清楚地记得，那第一个晚上，也就在这间屋子里，你对我说：'我不想再飞了，我好累好累，姐夫，请你照顾我！'你知道吗？你一下子就把我打倒了，捉住了，我在那一刹那间就为你神魂颠倒了。现在回想起来，我真傻！你从一开始就在跟我演戏，是不是？"他的声音蓦然提高了，憔悴的面颊上充血了，他的眼睛发红，呼吸沉重，声音强而有力，"你说！是不是？你一直在玩弄我，你眼看我掉进你的陷阱，眼看我为你痛苦，为你疯狂，你一定在拍掌称快了，是不是？你从第一天就在演戏，就在背台词，是不是？"他越喊声音越高，激动使他额上青筋跳动。

丹枫更深地蜷进了沙发深处，暮色里，她一身白衣，缩在那儿，像一团软烟轻雾。但，在那团软烟轻雾中，她的面色依旧清晰，她的眼睛依然明亮。她迎视着他的眼光，她没有逃避，也没有虚饰，她坦白而清楚地说："是的，我第一天就在演戏！我排练了很久才去见你，我想过了各种可能遇到的挫折，而一切，却进展得意外顺利！"

"哈哈哈！"他忽然大笑起来，一直维持的平静在刹那间就消失无踪，他笑得凄厉而悲苦，"意外顺利！我这呆子在两年生死相隔的悲痛里，忽然复苏，立即掉进别人的陷阱！哈哈！老四，你说对不对，我是被魔鬼附身了！"

江浩站起身来，他茫然地看看江淮，再看看丹枫，他终于懊恼地开了口："我懂了，在这幕戏里，我只是个莫名其妙的配角！"

"你错了，老四，"江淮大声说，"你是主角！她以为我杀了碧槐，她存心是要杀你！杀了你让我痛苦，杀了你使我陷入永劫不复的地狱！于是，她变成了林晓霜，她早就摸清楚了你的脾气，你上课下课的时间，你的生活，你的爱好，你的个性……她投其所好，为你塑造出一个大胆的、放肆的、刁钻古怪的林晓霜！她要玩弄你，要让你为她痴情到底，然后再让你去尝失恋的痛苦……她安心要置你于死地！最好，你自杀，就像她所听说的，碧槐为我自杀一样！那么，她的报复就百分之百地成功了！"他直问到她脸上去："我说得对吗？"

她被动地点点头，简单地答了一个字："对！"

江浩凝视着她，夜雾中，她的面容姣好柔美，朦胧如梦。他却不自禁地打了个冷战，这不是晓霜，不是他认得的任何一个女人。她陌生而遥远，像个迷途的、失群的孤雁。

"那么，你为什么忽然放弃了？"他问，"什么因素让你心软了？你知道真相了？"

"在今晚以前，"她幽幽地说，"我从不知道真相，每个人给我一个不同的故事，我始终无法把它们拼凑起来。现在，我懂了。"

"你懂了！"江淮大声地说，火焰在他的眼底燃烧，"你逼我违背了誓言，你逼我说出了真相！你聪明，你厉害，你使我们兄弟两个都痛苦万分！你赢了，我输了，彻彻底底地输了！现在，你可以看碧槐的日记了，那里面记载了她全部堕落的经过，我曾想把这些日记焚毁在她的墓前，幸好我没有这样做！我本不愿意你读到这些日记，因为，它绝不是优美的诗章，而是残酷的人生！我不愿意它破坏了你对碧槐的印象，我更怕它伤害了你！我宁愿你把我看成罪人，而不要伤害你！哈哈，我太天真了，是吗？现在，我希望你读它了……"他的呼吸急促，眼睛血红，一丝报复的、受伤的惨笑，狰狞地浮上了他的嘴角。"你读吧！慢慢地读吧，慢慢地欣赏吧！希望你看得心旷神怡，我不再打扰你了！"他站起身子，挥手叫住江浩，"老四，咱们走吧！"

丹枫继续坐在那儿，她又成为了一座雕像，她一动也不动，眼光迷迷蒙蒙地投向了一片虚无。江浩怔了怔，望着她，他欲言又止，欲去还留，江淮大叫了一声："老四！你还在留恋什么？这个女人是个复仇天使，一个演戏专家，一个刽子手！她并不是你心目中的林晓霜，你难道不知道吗？你此时不走？还等什么？"

"大哥，"江浩犹豫着开了口，他的眼光一瞬也不瞬地停在江淮脸上，"你爱她，是不是？你刚刚还希望她不要看这些日记，不要追踪这个故事！你爱她！是不是？你曾经要我不恨她，而你却恨起她来了！"

"爱她？"江淮惨笑，"我为什么要爱她？爱一个对我演戏的女人？是的，我爱过她。仅仅今晚，我已经在爱与恨中，打过好几个滚了！不！现在，我恨她！恨她逼我说出这个故事！恨她欺骗我，玩弄我，向我背台词玩手段！恨她捉弄我

217

的弟弟，恨她自以为聪明！不，老四，我不爱她，我恨她！"

丹枫战栗了一下，仍然一动也不动，仍然像一团软烟轻雾。

"走吧！"江淮再大喊一声。

他们走出了房间，砰然一声关上了房门。这关门的声音震动了她的神志和思想，她慢慢地低下头来，把面颊埋在那堆日记本中，迅速地，日记本的封面就被泪水湿透。她就这样匍匐在那儿，蜷缩在那儿，一任夜色来临，一任黑暗将她重重包围。

第十六章

黎明来临了。

曙色逐渐地染白了窗子，一线刚刚绽出的阳光，从玻璃窗外向内照射。逐渐越过了桌子，越过了沙发，投射在丹枫那半垂的长睫毛上。丹枫像从个深幽的、凄冷的梦中醒来。抬起头，她茫然地看着那被晓色穿透的窗子，心里恍恍惚惚的。她几乎不相信自己就这样坐了一整夜。一整夜？怎么像是几百年？昨日所有发生的事情，都遥远得几乎不能追忆了，只有那内心的刺痛与时俱增，越来越压紧了她的心脏，越来越刺激着她的神经。过分的刺痛反而使她麻木，她觉得自己像个没有五脏六腑的人物——一个中空的木雕。

终于，她把腿从沙发上移到地上，她试着站起来，整个人都虚弱而发软，她几乎跪倒在地毯上。由于她这一移动，怀里的那些日记本就滚落下来，跌在地毯上面。她低头看着那些日记，奇怪，她从回到台湾，就在追查这些日记本，而现在，她抱着日记本在这儿坐了一夜，居然没有打开过任何一本！她低头看着，看着，看着，迷惘中，似乎又听到江淮的声音，在撕裂般地吼叫着：

"去读那些日记！去读那些日记，希望你读完之后，不会后悔！"

她靠在沙发上，对那些日记本足足看了五分钟。然后，她弯下腰去，把它们一本本地拾了起来，在门边，江淮带它们来的那个口袋还在那儿，她走过去，拿起口袋，她开始机械地把这些日记本，一本一本地装回那口袋里。然后，她拎着口袋，侧着头沉思，模糊中，觉得今天有件很重要的事要做，是什么？为什么她脑中一片混乱？胸中一片痛楚？是了！她忽然想起来了，她的飞机票！是今天的飞机，将飞回英国去！"雁儿雁儿何处飞？千山万水家渺渺！"她苦涩地低吟了两句，喉咙喑哑得几乎没有声音。

她拎着口袋，像梦游般走进了卧室。卧室里一片凌乱，收拾了一半的箱子仍然摊开在床上，而那些衣服早被江淮拖出来散了一地，包括被他撕碎了的，包括那件染了血迹的 T 恤，这卧室像是刚发生凶杀案的现场。凶杀案？黑天使飞来报仇，黑天使却被杀死了。她瞪视着那些散乱的衣物，依稀仿佛，自己已经被砍成了七八十块，砍成了肉酱……是的，死了！陶碧槐死了，林晓霜死了！陶丹枫呢？她凄然苦笑，陶丹枫也死了。她的心碎了，她的魂碎了，她的世界碎了！她焉能不死？是的，陶丹枫也死了。

她把口袋放在床上，走到梳妆台边，她打开抽屉，取出自己的护照、黄皮书和飞机票。她检视着机票，下午四时的飞机，经香港飞伦敦！下午四时，她还有时间！走回床边，望着那些散乱的东西，望着那口箱子，她该整理行装。整理行装？她甩了一下头，整理行装干什么？能带走的，只是一些衣服！她失落的，又何止是一些衣服？已经失去了那么多的东西，还在乎一箱衣服吗？

她打开皮包，把护照、飞机票、黄皮书……和一些有限的钱，都收进皮包里。站在梳妆台前，她审视着自己，苍白的面颊，受伤的嘴角，失神的眼睛，疲倦的神情，消瘦的下巴……她低叹一声，打开粉盒，她拿起粉扑。心里有个小声音在说：

"士为知己者死，女为悦己者容。你预备为谁画眉？为谁梳妆？"

她废然长叹，抛下了粉扑，带着皮包，拎着那重重的口袋，走出了卧室，走出了客厅，再走出了公寓。

三十分钟以后，她已经站在碧槐的墓前了。她望着墓碑上那简单的字。"陶碧槐小姐之墓"，许久以来，她每次站在这儿，就为碧槐叫屈：别人的墓碑上，都写满了悼念之词，唯独碧槐，何等孤独寂寞！而今天，她才第一次理解，这墓碑上，不适合再写任何的文字，一个人活着时，不易为人了解，盖棺后，又有几人能够定论？她痴痴地站在那儿，痴痴地望着那墓碑。朝阳正从山谷中升起，正好斜斜地射在那墓碑上，她耳边，又响起江淮的怒吼：

"你这个傻瓜！你这个疯子！你这个莫名其妙的混蛋！

杀你姐姐的是你自己！你那该死的贵族学校，你那该死的生活费！……报复吧！你报复吧！是你把她推入了火坑！是你使她陷入了万劫不复的地狱！是你把她推向了毁灭！你报复吧！你报复吧……"

她双腿一软，就在那墓碑前跪了下来，把额头抵在那冰冷的墓碑上，她辗转地、痛苦地摇着头，低低地、悲痛地轻声呼唤："碧槐，你何苦？你何苦？你何苦？"

墓碑冷冷的，冰冰的。坟场上空空的，旷旷的。四周只有风穿过树隙的低鸣。她抬起头来，跪在那儿，她打开了那个口袋，倒出那五本日记本，自始至终，她从没有阅读过任何一页。从皮包里取出了打火机，她开始去点燃那日记本。可是，那厚厚的小册子非常不易燃烧，她弄了满坟场的烟雾，却始终烧不着那些本子。于是，她开始一页一页地撕下来，一页一页地在坟前燃烧着。望着那火焰吞噬掉每一页字迹，她喃喃地低语：

"去吧！姐姐。我烧掉了你的过去。以后，再也没有人来追踪你是怎么死的。去吧，姐姐！你墓草已青，尸骨已寒，但是，你的灵魂会永远陪着我，你的爱心也会永远陪着我！我已一无所有，我只有你了，姐姐！"她再焚烧一页纸张，火光映红了她的脸，她又低语，"碧槐，你那小妹妹怎么值得你用生命和爱情来做投资？姐姐，告诉我，给我·点启示，从今往后，我该何去何从？"

没有回答，没有启示。她叹息，再叹息，低着头，她虔诚地焚烧着那些纸张。

老赵被火光吸引，从他的小屋里走出来了。他蹒跚地、佝偻地走了过来，低头望着那如痴如呆、失魂落魄地焚烧着纸张的丹枫。他愕然地说："陶小姐，你烧的是什么？不是纸钱啊？"

"纸钱？"丹枫抬起头来，眼眶湿湿的，她盯着老赵。"她生前已经做了金钱的奴隶，死后，她不会再有这个需要了。谢谢老天，她不会再为钱发愁了。"

老赵困惑地皱起眉头，大感不解地看着她继续烧那些纸张。看了好半天，他才愣愣地说：

"陶小姐，你今天没有带花来啊？"

一句话提醒了丹枫，她望着老赵。

"老赵，你说，在山脚下有一大片蒲公英？"

"是啊！"

丹枫拿出两百元，塞进他的手里，说：

"你去帮我采，好吗？越多越好，拿个篮子去装！"

老赵错愕地接过了钱，心想，女孩子都是稀奇古怪的。转过身子，他一语不发地，就拿了个除草的大箩筐，向山下蹒跚地走去了。

丹枫继续烧她的纸张，烧完了一本，她开始烧第二本，烧完了第二本，她开始烧第三本，这是个缓慢而冗长的工作，她跪得膝盖疼痛。于是，她席地而坐，盘着双腿，继续去烧那些日记。老赵采了一整箩筐的蒲公英来了，丹枫要他把箩筐放在一边，她就依然埋头做自己的工作。老赵看了一会儿，觉得实在枯燥而乏味，就叽咕着走开了。

从早上一直忙到中午，丹枫总算烧完了那五本日记。最后，她手里拿着仅余的一页，正预备也送到那火焰上去，她却突然住了手。有个念头在她心中闪过：她已经烧掉了碧槐五年间的记录，这是仅有的一页了。她是否可以看看这页的内容呢？事实上，这页既非第一本里的，也不是最后一本里的；既不是哪一本的第一页，也非任何一本的最后一页，这只是千千万万页数中，碰巧留下来的一页。她握着这张纸，沉思良久。然后，她把纸张铺平在膝上，恭恭敬敬地坐在那儿，带着种虔诚的情绪，开始阅读：

　　　　今天，为了那个老问题，我又和江淮怄上了。整晚，我想尽了方法折磨他。我和胖子跳贴面舞，和瘦子在舞池中接吻，最后，我和阿金出去吃宵夜了。阿金买了我整晚的钟点。

　　　　回到公寓，已是黎明，谁知，江淮却坐在房里等我，他什么话都不说，只是苍白着脸，用那对憔悴的眸子瞅着我，他一动也不动地瞅着我，瞅得我心都碎了。于是，我对他跪下来，哭着喊：

　　　　"你饶了我吧！世界上的女人那么多，比我好的有成千成万，你何苦认定了我？你难道不知道我已非昔日的我，残花败柳，对你还有什么意义？"

　　　　他把我的头抱在他怀里，还是什么话都不说，然后，他也跪下来，他吻我的眼睛，我的鼻子，我的嘴唇……他使我那么昏乱，那么茫无所措，那么心酸，我主动给了他几千几万个吻。然后，他说：

"弱水三千，我只取一瓢饮！"

我望着他，我的心碎成了粉末，我的意志像飞散的灰尘，简直聚不拢来。我喊着说：

"老天可怜我，请为你再塑造一个全新的我吧！一个干净的、纯洁的、纤尘不染的我吧！让那个我服侍你终身，让那个我做你的女奴！如果世界上有第二个我！江淮、江淮，"我忽然兴奋了，我大喊大叫着说："说不定世界上有第二个我！比我漂亮，比我有才气，比我纤小，比我逗人怜爱……我叫她小茉莉花！江淮，你愿意去英国吗？"

他粗鲁地推开我，踏着黎明的朝露，他孤独地走了，我在窗口看着他，他的影子又瘦又长又寂寞，我在视窗跪下了，从没有一个时候我这么虔诚，我双手合十，仰望天空，诚心诚意地祷告：

"上帝，怜他一片痴情，给他第二个我！这样，我将死亦瞑目！"

这页记载到此为止。不知怎的，丹枫忽然觉得那中午的阳光都带着森森的凉意了。她烧了几千几万张纸，怎会单单留下这一张？她觉得背脊发凉，舌尖发冷，喉中发紧，心中发痛……她握着纸的手，不自禁地簌簌抖颤起来。她已经决定烧毁她所有的日记，为什么又单单看了这一张？她的头昏昏而目涔涔了。她望着碧槐的墓碑，那简简单单的墓碑，那干干净净的墓碑。她就这样瞪视着那墓碑，发痴般地瞪视着那墓碑。依稀仿佛，她好像听到一个幽幽的歌声，绵邈地，遥远地，荡气回肠般地唱着：

灯尽歌慵。
斜月朦胧。
夜正寒、斗帐香浓。
梦回画角，细语从容。
庆相逢，莫分散，愿情钟！

她全身一震，这歌声那么熟悉！她曾经在哪儿听过！是的，有一夜，她梦到碧槐，碧槐就唱着这支歌。现在，又是碧槐在唱吗？不不，她望着墓碑，深深体会到，这歌来自她自己，是她的内心深处在无声地唱着，在下意识地重复着碧槐的歌。可是——她一跳，她想起那最后几句歌词。原歌词是："恨相逢，恨分散，恨情钟。"而现在，自己竟将它改成了："庆相逢，莫分散，愿情钟！"这是什么意思？这是什么心理？她茫然地、心惊肉跳地分析着自己。于是，她听到内心有个小声音在喊："不回英国！不回英国！不回英国！"接着，有个大声音在喊："我不要离开他！我不要离开他！我不要离开他！"接着，这些小声音和大声音全汇成一股巨浪，在那儿排山倒海般对她压过来，这些巨浪是单纯的两个字：

"江淮！江淮！江淮！"

她跳起身子，才发现手里还握着那张纸，而坟前那堆燃烧过的纸张都已化成了灰烬。略一沉思，她打着了火，把这最后一张也烧了。然后，她弯腰拿起那些蒲公英，开始慢腾腾地，把整个坟墓都用那黄色的花朵铺满，终于，她撒完了最后一朵花，在那墓前，她再伫立片刻，心中模糊地想着机票、英国和江淮。

江淮！这名字抽痛了她的心脏，抽痛了她的意志。她不自禁地、清楚地想起江淮昨晚临行前的话：

"……现在，我恨她！恨她逼我说出这个故事！恨她欺骗我，玩弄我，对我背台词玩手段！恨她捉弄我弟弟！恨她自以为聪明！不，老四，我不爱她，我恨她！"

她不寒而栗，皮肤上都起了一阵悚栗。她凄楚地、苦恼地低下头去，自语着说：

"不，姐姐，我弄糟了一切！不是我不肯留下来，是他不再要我！我几乎得到他了，但是，又失去了。"

她不能再停留了。时间已晚，她要赶到机场去办手续。她对那坟墓再无限依依地投了一瞥，就毅然地回转身子，大踏步地走了。

然后，她在心韵喝了一杯咖啡，吃了一客三明治，到这时，她才发现自己已经两天两夜没有吃东西，才发现自己虚弱得随时都会昏倒。坐在心韵那熟悉的角落里，她突发奇想，有一次江淮曾经在这儿找到她。历史可不可能重演？于是，她依稀仿佛，觉得每个走进来的男客都是江淮，但，定睛一看，又都不是江淮！失望绞痛了她的五脏六腑，而上飞机的时间却越来越近了。她总不能坐在这儿，等待一个莫名其妙的奇迹吧！等待？忽然，她脑中闪过一个疯狂的念头，她为什么要等待？她需要的，只是压制下她的骄傲，她的自尊，她的矜持……她只要拨一个电话，主动地拨一个电话，在电话中，她只需要说七个字：

"请你把我留下来！"

如果……如果……如果他竟然不留她呢？如果他根本拒绝她了呢？如果他完全恨她讨厌她了呢？她是否要去自讨没趣？但是……但是……但是，总值得一试啊！这思想开始火焰似的把她燃烧起来了，她再也克制不住自己了，骄傲，自尊，虚荣，矜持……全都冰消瓦解了。她身不由己地走到电话机边，拨号的时候，她的手指颤抖，握着听筒，听着对方的铃响，她竟全身冒着冷汗。江淮，江淮，江淮！只要你慈悲一点，只要你不再生气，只要你……

对方接了电话，一个女性的、年轻的声音：

"喂！我是方明慧，您找哪一位？"

"江淮在吗？"她的声音抖得好厉害，以至于明慧听不出她的声音。

"哦，江先生今天没来上班，大概在家里。您有什么事？要不要留话？"

"哦！"失望使她的头发晕，"不用了！"

挂断了电话，她记起另一个号码，他家里的号码！她再拨了号。握着听筒，对方的铃"丁零零……丁零零……"地响着，她心中开始疯狂地喊："江淮！接电话吧！江淮，接电话吧！江淮，求你接电话吧！江淮……"铃响了十几声，始终没有人接听。她心中一片冰冷，绝望的感觉把她彻底征服了。她握着听筒，忽然想，她似乎还该给江浩打个电话，但是，说什么？一声"对不起"吗？她给他的伤害，似乎不是这三个字所能解决的。算了吧！她又想起她那凌乱的公寓，她早已预付了一年的房租，她应该打个电话告诉房东，那些衣服可以捐给救济院。但是，算了，到伦敦后再写封信来交代吧！时间不早，她不能再耽搁了。

她终于到了机场，从不知道机场里会有这么多人。接客的，送客的。人挤着人，人叠着人。到处都是闪光灯，到处都是花环。送行者哭哭啼啼，接人者哈哈嘻嘻。只有她，孤零零的，穿梭在人群之中，没人啼哭，也没人嬉笑。半年多前，她是这样孤单单地来；半年多后，也是这样孤单单地走。来也没人关心，走也没人留恋。她心中凄苦，凄苦得已经近乎麻木，连天来，发生了太多的事故，已经使她的头脑开始糊里糊涂了。何况，这机场的人那么多，空气那么坏，她觉得气都快喘不过来了。

终于，她穿过了重重人海，来到柜台前面。打开皮包，她拿出护照、机票、黄皮书，开始办手续，刚刚把东西都放在柜台上，忽然，有只手臂横在柜台前拦住了她，她一惊，抬起头来，眼光所触，居然是那年轻的、充满了活力的江浩！她的心狂跳了一阵，弟弟来了，哥哥呢？她很快地四面扫了一眼，人挤着人，人叠着人，没有江淮。江浩盯着她，眼珠亮晶晶的。

"预备就这样走了？"江浩问，"连一声再见都不说？是不是太没有人情味了？"

"对不起。"仓促中，她仍然只想得出这三个字，"我对你非常非常抱歉。"

江浩挑了挑眉毛，耸了耸肩，表情十分古怪。他拿起她放在柜台上的证件，问：

"几点的飞机？"

"四点。"

"现在才两点一刻，你还有时间。"他说，"去咖啡厅坐十分钟，我请你喝杯咖啡，最起码，大家好聚好散。在你走以前，我有几句话想对你说！"

她跟他走上了二楼。她一直有句话想问："你哥哥好吗？"但是，却怎样都问不出口，他既然没来，一切也都很明显了，他恨她！当初，怀着自己的仇恨而来，如今，却要怀着别人的仇恨而去。人类的故事，多么复杂，多么难以预料！

在一个不被人注意的角落里，他们坐了下来。她心不在焉地玩弄着自己的护照和机票，心里有些隐约地明白，江浩可能来意不善。一个被捉弄了的孩子，有权在她离去前给她一点侮辱。她那样意志消沉，那样心灰意冷，那样万念俱灰……她准备接受一切打击，绝不还手。

叫了两杯咖啡，江浩慢慢地开了口：

"我该怎么称呼你？陶小姐？还是晓霜？"

来了，她想。她默然不语，眼光迷蒙地看着咖啡杯，一脸忍耐的，准备接受打击的，逆来顺受的表情。

"好吧！"江浩深吸了口气，"我只好含混着，根本不称呼你什么，希望将来能有比较合理的称呼！"他喝了一口咖啡。"你的飞机快起飞了，我们能谈话的时间不多，我只能长话短说。让我告诉你，我这一生，从没有被人捉弄得这么惨，我真希望你别走，好给我报复的机会。我想过几百种如何报复你的方法，但是，都有缺点，都无法成立。于是，我突发奇想，你欠了我债，你应该还，我不能这样简单地放你走！"

她被动地望着他，一脸的孤独，迷茫和无奈。

"你说吧，要我怎么还这笔债！"

"你曾经为我塑造过一个林晓霜，你怎么知道我喜欢这种类型？既然你如此了解我的需要和渴求，那么，你有义务帮我在真实的人生里去物色一个林晓霜！"

"我不懂。"她困惑地说。

"你不懂？"他挑起眉毛，粗鲁地嚷，"每一个当嫂嫂的人，都有义务帮小叔去物色女朋友！尤其是你！"

她睁大了眼睛，脸色变白了，呼吸急促了，她结舌地、口吃地、吞吞吐吐地说："你……你……你说什么？"

江浩忽然从桌子底下拿出一件东西，推到她面前，说："我们找了锁匠，去偷你的公寓，你似乎忘记带走一件东西，我给你送来了！"

她看过去，是那对水晶玻璃的雁子！母雁子舒服地倚在巢中，公雁子正体贴地帮她刷着羽毛，一对雁子亲亲热热地依偎着。她骤然眼眶湿润，泪水把整个视线都模糊了，她透过泪雾，一瞬也不瞬地望着那对雁儿，只觉得气塞喉堵。她不能呼吸了，不能思想了，不能说话了，她用双手抚顺那雁子，泪珠成串地滚落了下来，她找不到化妆纸，只能用衣袖去擦眼泪。于是，对方递来了一条干净的大手帕，低沉地说：

"擦干你的眼泪，不许再哭了！两天以来，你已经流了太多眼泪！以后，你该笑而不该哭！"

是谁在说话？江浩吗？这不是江浩的声音啊！她迅速地抬起头来，对面坐着的，谁说是江浩？那是江淮！江浩早已不知何时走掉了，那是江淮！她想过一千遍，念过一千遍，盼过一千遍……的江淮！奇迹毕竟来了！她闪动着睫毛，张着嘴，想说话，却一个字也吐不出来，只感到眼泪发疯般地涌出眼眶，发疯般地在面颊上奔流，她握着那条大手帕，却震动得连擦眼泪都忘了。她只是含泪瞅着他，不信任地，狂喜地，又要哭又要笑地瞅着他。江淮深深地凝视着她，表面的安静却掩饰不住声音里的激情：

"我和你捉了一整天的迷藏，早上，我和江浩赶到你的公寓，没人开门，我们找了锁匠，开门进去，发现你什么都没带，却找不到你的机票和护照，我当时血液都冷了。我们赶到机场，查每一班出境班机的名单，没有你的名字。中午，我到了碧槐的墓前，发现了日记本的残骸和满墓的蒲公英花。然后，我赶到心韵，老板娘说你刚走。我再飞车来机场。幸好，我先安排了江浩守在这儿，预防你溜掉……"他的眼光直看到她的眼睛深处去，声音变得又低柔又文雅，充满了深深的、切切的柔情，"真要走？真忍心走？真有决心走？真能毫无留恋地走？"

她答不出话来，眼泪把什么都封锁了，把什么都蒙蔽了。

她用那大手帕擦着眼睛，擤着鼻涕，觉得自己哭得像个小傻瓜。然后，他忽然递过来一张卡片，对折着像放在餐桌上的菜单。她以为他要她吃东西，她摇头，还是哭。他把那卡片更近地推到她面前，于是，她骤然发现，那是张白色的卡片，上面用签字笔潦草地画着一只雁子在天上飞，有条线从这雁子身上通下来，另一只雁子站在巢中，正在用嘴紧拉住这条线。在这张图旁边，他龙飞凤舞般地写着几行字：

> 问雁儿，你为何流浪？
>
> 问雁儿，你为何飞翔？
>
> 问雁儿，你可愿留下？
>
> 问雁儿，你可愿成双？
>
> 我想用柔情万丈，
>
> 为你筑爱的宫墙，
>
> 却怕这小小窝巢，
>
> 成不了你的天堂！
>
> 我愿在你的身旁，
>
> 为你遮雨露风霜，
>
> 又怕你飘然远去，
>
> 让孤独笑我痴狂！

　　她捧起了这张卡片，狂欢填满了她的胸怀，但是，她的泪水似乎更多了。她反复地读着那句子，反复地看着那草图。不知怎的，只是想哭。泪水像泉水般不停地涌出来，他伸手握住了她的手。

"怎么？"他说，声音也是沙哑而哽塞的。"你什么话都不说吗？你没有什么话要告诉我吗？"

"我……我……"她抽噎着，"我想说，但是不敢说。"

"为什么？"

"我……我……怕你以为……以为是台词！"

"说吧！"他鼓励地，"我愿意冒险。"

"我……我……"她嗫嚅着，"我爱你！"

他握紧了她的手，握得她发痛。扩音器里在报告，一次又一次地报告：

"'中华航空公司'第×××号班机即将起飞，请未办出境手续的旅客赶快到出境室！"

她看看他，吸了吸鼻子："这是我的班机。"她说。

他拿起桌上的机票，眼睛始终没有离开过她的脸，他把那机票慢慢地撕碎。燃着了打火机，他把碎片燃烧起来，放在烟灰缸里。

桌上，那对水晶玻璃的雁子，在灯光的照耀下，在那火焰的辉映下，折射着几百种艳丽的、夺目的光华。

——全书完——

一九七七年四月十五日夜初稿完稿
一九七七年四月二十八日凌晨初度修正
一九七七年五月十七日黄昏再度修正
一九七七年五月二十七日黄昏三度修正

（京权）图字：01-2025-0195

图书在版编目（CIP）数据

雁儿在林梢 / 琼瑶著 . -- 北京：作家出版社，2025.1.
（琼瑶作品大全集）. -- ISBN 978-7-5212-3236-3

Ⅰ. I247.5

中国国家版本馆 CIP 数据核字第 2025TC3010 号

雁儿在林梢（琼瑶作品大全集）

作　　者：琼　瑶
责任编辑：陈亚利
装帧设计：棱角视觉　纸方程·于文妍
责任印制：李大庆　金志宏
出版发行：作家出版社有限公司
社　　址：北京农展馆南里 10 号　　　邮　　编：100125
电话传真：86-10-65067186（发行中心）
　　　　　86-10-65004079（总编室）
E-mail: zuojia@zuojia. net. cn
http: // www. zuojiachubanshe. com
印　　刷：三河市龙大印装有限公司
成品尺寸：142×210
字　　数：155 千
印　　张：7.375
版　　次：2025 年 1 月第 1 版
印　　次：2025 年 1 月第 1 次印刷
ISBN　978-7-5212-3236-3
定　　价：2754.00 元（全 71 册）

品　琼　瑶　经　典

忆　匆　匆　那　年